GW01605896

Ahora y entonces

Ahora y entonces

Jamaica Kincaid

Traducción del inglés de
Gemma Rovira

Lumen

narrativa

Papel certificado por el Forest Stewardship Council®

Título original: *See Now Then*

Primera edición: octubre de 2022

Printed in Spain – Impreso en España

ISBN: 978-84-264-2229-3
Depósito legal: B-11.959-2022

Compuesto en M. I. Maquetación, S. L.
Impreso en Egedsa (Sabadell, Barcelona)

H 4 2 2 2 9 3

A Candace King Weir

1

Vemos, ahora y entonces, a la querida señora Sweet, que vivía con su esposo, el señor Sweet, y sus dos hijos, la bella Perséfone y el joven Heracles, en la casa de Shirley Jackson, situada en un pueblecito de Nueva Inglaterra. La casa, la casa de Shirley Jackson, se encontraba en lo alto de una loma, y desde una ventana la señora Sweet veía, abajo, las aguas impetuosas del río Paran, que descendía veloz y con furia del lago, un lago artificial que también se llamaba Paran; y si alzaba la vista veía, alrededor, unas montañas que se llamaban Bald y Hale y Anthony, que formaban parte de la cordillera de las Green Mountains; y veía el parque de bomberos donde a veces asistía a reuniones sociales y oía al representante del Gobierno decir algo susceptible de afectarla gravemente y afectar el bienestar de su familia, o veía a los bomberos sacar los camiones de bomberos y desmontar varias partes y volver a montarlas y luego lavar los camiones y luego montarse en ellos y dar toda la vuelta al pueblo provocando un gran alboroto y luego volver a guardarlos en el parque de bomberos, y a la señora Sweet le recordaban al joven Heracles, porque muchas veces él hacía eso con sus camiones de bomberos de juguete; pero ahora, es decir, cuando la señora Sweet miraba por una ventana de la casa de Shirley Jackson, su hijo ya no hacía eso. Desde esa ventana, la misma, veía la casa donde vivía el hombre que había inventado la técnica de cámara rápida pero que ahora estaba muerto; y veía la Casa Amarilla, la casa que Homer había restaurado con tanto cuidado y tanto cariño: había pulido los suelos, pintado las paredes, cambiado las cañerías, había hecho todo eso el verano anterior a aquel otoño espantoso, cuando salió a cazar y después de disparar con arco y flecha al ciervo más grande que jamás había matado, cayó fulminado mientras intentaba cargarlo en la trasera de la camioneta. Y la señora Sweet lo vio en su ataúd en el tanatorio Mahar, y se preguntó, entonces, por qué los tanatorios siempre parecen tan acogedores, tan agradables desde el exterior, por qué las butacas del interior parecen tan cómodas, y por qué el precioso resplandor dorado de la lámpara envuelve suavemente todos los objetos de la sala donde el objeto principal es el difunto, por qué será, se preguntó la señora Sweet mientras veía a Homer, que yacía solo y encajadito en su ataúd, vestido con ropa de caza nueva, una chaqueta de lana de cuadros rojos y negros y un gorro de punto rojo, todas ellas prendas de Woolrich o Johnson Bros o de alguna otra marca de ropa para deportes al aire libre parecida; y la señora Sweet quería hablar con él, porque él estaba como siempre, para preguntarle si iría a pintarle la casa, la casa de Shirley Jackson, o si podía ir a hacer algo, cualquier cosa, arreglar las cañerías, limpiar los canalones del tejado, comprobar si había alguna gotera en el sótano, porque él estaba como siempre, pero su mujer le dijo: Homer mató el ciervo más grande de su vida y murió tratando de subirlo a la trasera de la camioneta; y la señora Sweet se compadeció de la carnalidad del difunto, porque imaginó el ejército de gusanos, de parásitos, que, sin premeditación, habrían empezado a alimentarse de Homer y pronto lo reducirían al reino del misterio y la desilusión; muy triste, todo eso que la señora Sweet veía entonces era muy triste, de pie junto a la ventana de la casa en la que había vivido Shirley Jackson, frente a la casa donde había muerto la anciana señora McGovern, que había vivido allí muchos años antes de envejecer, había vivido en su casa, una casa de una especie de estilo neoclásico que recordaba a otra época, una época lejana, mucho antes de que la señora McGovern naciera y se convirtiera en una mujer adulta que se casó y vivió con su esposo en la Casa Amarilla y cultivó un jardín solo de peonías, unas grandes flores blancas cuyos pétalos más cercanos a los estambres tenían unas rayas de color rojo oscuro, como una noche imaginada cruzando un día imaginado, así eran las peonías del jardín de la señora McGovern, y también cultivaba otras cosas, pero nadie se acordaba de qué eran, solo sus peonías permanecían en la memoria, y cuando murió la señora McGovern y por lo tanto se esfumó de la faz de la tierra, la señora Sweet arrancó aquellas peonías de aquel jardín, Festiva Maxima se llamaban, y las plantó en su jardín, un sitio que el señor Sweet y la bella Perséfone e incluso el joven Heracles odiaban. Los Pembroke, padre e hijo, cortaban el césped, aunque a veces el padre se iba a Montpelier, la capital, a votar a favor o en contra, pues creía que eso beneficiaba a los habitantes de aquel pueblo de Nueva Inglaterra, que sigue, ahora, situado a orillas del río Paran; y los otros habitantes de aquel pueblo, como los Woolmington, siempre habían vivido en su casa, y los Atlas también, igual que los Elwell, los Elkin y los Power; la biblioteca estaba llena de libros, pero nunca iba nadie, solo padres con sus hijos, padres que querían que sus hijos leyeran libros, como si leer libros fuese una misteriosa forma de amor, un misterio que debía seguir siéndolo. El pueblecito de Nueva Inglaterra contenía todo eso y mucho más y todo eso y mucho más pasaba entonces y ahora, y el tiempo y el espacio se entremezclaban, y se convertían en una sola cosa, todo en la mente de la señora Sweet.

La señora Sweet veía todo eso por la ventana, de pie junto a la ventana, pero había otra cosa que no veía entonces; la tenía delante, clara y palpable, como atrapada en un lienzo, enmarcada en un rectángulo hecho de ramas secas de *Betula nigra*, pero ella no la veía ni la habría entendido aunque la hubiera visto: su esposo, su querido señor Sweet, la odiaba con toda su alma. Y a menudo deseaba verla muerta: una vez, entonces, una noche, cuando llegó a casa después de tocar un concierto de piano de Shostakóvich para un público formado por vecinos que vivían en los pueblos de los alrededores a quienes les apetecía salir de su casa de vez en cuando, pero que en cuanto salían de su casa querían regresar inmediatamente, porque no había nada cerca y nada era tan bonito como su casa y cuando oían al señor Sweet tocar el piano les entraba sueño y a veces de repente daban una cabezada y se esforzaban para que la barbilla no les tocara el pecho y de todas formas pasaba y había sacudidas y oscilaciones y carraspeos y toses y aunque el señor Sweet estaba de espaldas a su rural audiencia percibía todo eso y sentía cada leve temblor, cada estremecimiento que se producía en cada individuo. Le encantaba Shostakóvich y mientras tocaba la música compuesta por aquel hombre («Juramento al comisario del pueblo», «La canción de los bosques», «Ocho preludios para piano») las tremendas penas e injusticias que le habían acaecido fluían por el señor Sweet, y lo conmovían muchísimo aquel hombre y la música que componía aquel hombre, y lloraba mientras tocaba, vertiendo todos sus sentimientos de desesperanza en aquella música, pensando que estaba desperdiciando su vida, su preciosa vida, con aquella mujer horrible, su esposa, la querida señora Sweet, a quien le encantaba preparar tres platos de comida francesa a sus hijitos y le encantaba estar con ellos y le encantaban los jardines y le encantaba él y él era el menos digno de su amor porque era un hombre muy menudo y a veces la gente lo confundía con un roedor por cómo correteaba. Pero él no era ningún roedor, él era un hombre capaz de entender a Wittgenstein y a Einstein y a todo el que tuviera un apellido acabado en *stein*, incluida Gertrude, incluidas las complejidades del universo, incluidas las complejidades de la existencia humana, el hecho de ver que Ahora es Entonces y cómo Entonces deviene Ahora; qué bien lo entendía todo pero no podía expresarse, no podía mostrar al mundo, al menos mientras el mundo se presentara bajo la forma de los vecinos de unos pueblecitos de Nueva Inglaterra, la extraordinaria persona que había sido entonces y había devenido con el tiempo, a aquellas personas que llevaban los mismos calcetines varios días seguidos y no se teñían el pelo cuando empezaba a perder su color natural y el lustre de la juventud y les gustaba comer cosas imperfectas, alimentos ablandados por patógenos naturales o por insectos, por ejemplo, personas que se preocupaban por si se apagaba el piloto de la caldera o por si se congelaban las cañerías porque la casa se enfriaría y entonces tendrían que llamar al fontanero y ese fontanero se quejaría del trabajo del anterior fontanero, porque a los fontaneros siempre les parece que los otros fontaneros no hacen bien su trabajo; y su público se preocupaba por todo tipo de cosas de las que el señor Sweet nunca había oído hablar porque él había crecido en una gran ciudad y vivido en un gran edificio con muchos pisos y cuando las cosas se estropeaban pedían a una persona a la que llamaban el Súper que las arreglara: el Súper sabía cambiar una bombilla, poner en marcha el ascensor cuando dejaba de funcionar, hacer desaparecer la basura, fregar el suelo de la portería, llamar a la empresa de servicios públicos si había que llamar a la empresa de servicios públicos, el Súper sabía hacer muchas cosas y durante la vida del señor Sweet, cuando él era niño, el Súper las hacía y el señor Sweet nunca había oído hablar de ellas hasta que se fue a vivir con aquella mujer espantosa con la que se había casado y que ahora era la madre de sus hijos, la madre de su bella hija en particular. El concierto de piano llegó a su fin y el señor Sweet se sacudió para salir de la profunda compasión que sentía por el compositor de la música y el público se sacudió para meterse en sus chaquetas con relleno de plumón, que se habían impregnado del olor a humo de leña de los fuegos de las chimeneas y las estufas de leña, un olor a invierno, un olor que el señor Sweet odiaba, el Súper se habría encargado de eliminar aquel olor, aquel no era un olor de la infancia del señor Sweet; un comedor del hotel Plaza, el perfume francés de su madre, aquellos eran los olores de la infancia del señor Sweet y de aquel entonces: el perfume de su madre, el hotel Plaza. Y se despidió de aquellas personas que olían como si vivieran en habitaciones donde siempre ardía leña en la estufa, e inmediatamente dejó de pensar en ellos mientras ellos se iban a su casa en sus Subarus y sus Saabs de segunda mano, y se puso el abrigo, un abrigo de pelo de camello, un abrigo muy bonito, cruzado, que su horrenda esposa, la señora Sweet, le había comprado en Paul Stuart, una elegante sastrería de la ciudad donde había nacido el señor Sweet, y él odiaba el abrigo porque se lo había regalado su inculta esposa y cómo iba a saber ella lo elegante que era aquella prenda, ella, que había llegado hacía poco en un barco bananero o en algún otro medio de transporte inculto, todo lo relacionado con ella era tan inculto, hasta el barco en el que había llegado, y a él le encantaba el abrigo porque le quedaba bien, él era un príncipe, y un príncipe debía llevar un abrigo como aquel, un abrigo elegante; y qué contento estaba de haberse librado de aquel público, y se sentó al volante de su Saab de segunda mano, uno mejor que la mayoría, y se metió en un carril y luego torció a la izquierda para pasar a otro carril y al cabo de medio kilómetro ya vio su casa, la casa de Shirley Jackson, la estructura que contenía su condena, aquella prisión con la guardiana dentro, ya acostada, seguramente, rodeada de catálogos de flores y semillas, o simplemente allí tumbada leyendo *La Ilíada* o *La biblioteca de mitología griega*, de Apolodoro; su esposa, aquella zorra repugnante que había llegado en un barco bananero, esa era la señora Sweet. Pero ¿y si lo esperaba una sorpresa al otro lado de la puerta?, pues hasta un pobre hombre desafortunado como él, pues eso se consideraba el señor Sweet, desafortunado por estar casado con aquella zorra nacida de una bestia; la sorpresa en cuestión sería encontrarse la cabeza de su esposa en la encimera de la cocina, y no hallar ni rastro de su cuerpo, solo la cabeza separada del cuerpo, prueba irrefutable de que ella ya no podría obstaculizar sus progresos, pues era la presencia de su esposa en su vida lo que le impedía ser quien era realmente, quien era realmente, quien era realmente, y quien realmente podría ser, porque él era un hombre de escasa estatura y realmente era muy consciente de su escasa estatura, sobre todo cuando estaba de pie al lado del joven Heracles, cuyas hazañas todos conocían, grandes hazañas por las que ya era famoso antes de nacer.

¡Ah, no, no! La señora Sweet, contemplando las montañas llamadas Green y Anthony, y el río Paran, cuyo lago artificial interrumpía su suave fluir en el valle, y lo que quedaba de un gran levantamiento geológico, un Entonces que ella veía Ahora y su presente quedará profundamente enterrado en él, tan hondo que nunca lo reconocerá, nunca lo reconocería nadie que se pareciera a ella en ningún aspecto: ni en la raza, ni en el género, ningún animal ni ningún vegetal ni ningún espécimen de ningún otro reino, pues no existe nada conocido que pueda beneficiarse ni vaya a beneficiarse de su sufrimiento, y toda su existencia era sufrimiento: amor, amor y más amor, en todas sus formas y configuraciones, una de ellas el odio, y sí, el señor Sweet la amaba, y su odio era una forma de su amor por ella: vemos cómo él admiraba la forma en que el largo cuello de su esposa sobresalía de su torcida columna vertebral y de sus encorvados hombros; tenía las piernas demasiado largas, el torso demasiado corto; las aletas de la nariz le temblaban como una tienda de campaña mal tensada y se apoyaban en sus anchas y gruesas mejillas; las orejas estaban justo donde debían estar, pero de repente desaparecían, y si alguien hubiese tenido que describirlas para presentarlas como prueba de algún tipo, se habría visto obligado a echar mano de algún recuerdo de aquellas orejas; sus labios parecían un dibujo infantil de la tierra antes de la creación, un símbolo del caos, una cosa que todavía no conocía su verdadera forma: y eso solo en cuanto a su entidad física, como si la imaginación fueran algo colocado en un jarrón decorativo en una mesa preparada para una comida o una cena por personas que escribían artículos para revistas, o que escribían libros sobre el destino de la tierra, o que escribían sobre cómo vivimos ahora, quienesquiera que seamos, nosotros, esos seres diminutos, ni más ni menos. Pero no importa, el odio es una variante del amor, pues el amor es el parámetro y todas las otras emociones solo son distintas formas relacionadas con el amor, y el odio es todo lo contrario y por tanto su forma más parecida: el señor Sweet odiaba a su esposa, la señora Sweet, y mientras ella contemplaba aquella formación natural de paisaje: montaña, valle, lago y río, los restos de la violencia de la evolución natural terrestre, ella no lo sabía. «Cariño, ¿quieres que...?» era el comienzo de muchas frases que eran expresiones de amor para la querida señora Sweet, porque el señor Sweet la apreciaba mucho y le rellenaba los vasos vacíos de *ginger-ale* y los platillos con montoncitos de gajos de naranja mientras en la bañera de agua caliente ella trataba de protegerse de una cosa horrible llamada Invierno, que en realidad era una estación, pero no algo que la señora Sweet hubiese oído nombrar jamás en su vida anterior al barco bananero, ay, el barco bananero, el lugar de su degradación, ¡ay!, y por eso el señor Sweet le ofrecía la fruta, la naranja, originaria del cinturón cálido de la tierra mientras ella se bañaba en agua caliente en la bañera de la casa de Shirley Jackson. ¡Aaahhh!, un dulce suspiro, es decir un sonido que escapaba de los labios gruesos y caóticos de la señora Sweet, aunque en realidad el sonido nunca escapa, pues no tiene a donde ir salvo la delgada nada que hay más allá de la existencia humana, a algo que la señora Sweet no ve ahora ni veía entonces. Pero el señor Sweet la amaba y ella lo amaba a él, el amor de ella hacia él es evidente ahora y lo era entonces, estaba implícito, se daba por hecho, como las montañas Green y Anthony, como el lago artificial llamado Paran y como el río del mismo nombre.

¿Cuál es la esencia del Amor? Pero esa era una pregunta para el señor Sweet, pues él había crecido en una atmósfera de preguntas sobre la vida y la muerte: el asesinato en un breve periodo de millones de personas que vivían a continentes de distancia; y por otra parte, sobre la señora Sweet planeaba una monstruosidad, una distorsión de las relaciones humanas, aunque a ella le habían hecho entenderla como si fuera el estilo de una falda, o el estilo de la forma de una blusa, un cuello, una manga: el comercio atlántico de esclavos. ¿Qué es el Atlántico? ¿Qué es el comercio de esclavos? Eso preguntaba el señor Sweet, y observaba a la señora Sweet, que estaba junto a la ventana con vistas a las montañas llamadas Green y Anthony y el río llamado Paran, y él volvía de un auditorio construido para dar cabida a trescientas personas aunque solo diez o veinte habían ocupado los asientos y él estaba sentado al piano tocando la música compuesta por un hombre que era ciudadano ruso que componía una música que cautivaba por completo el alma, fuera lo que fuese el alma, eso que el señor Sweet tenía afligido, pues comprendía y sin embargo no comprendía la muerte en toda su no-comprensión. ¿Cuál es la esencia del Amor?

Pero la señora Sweet contemplaba su vida: desde la casa de Shirley Jackson, enfrente estaban las montañas Green y

Anthony y debajo estaban los ríos: el Paran y el Battenkill y el Branch, corrientes de agua llenas de truchas ávidas de una eclosión de invertebrados a media tarde, y todos esos ríos confluyen en el río Hudson, una corriente de agua, uno de tantos afluentes que van a dar a una masa de agua aún mayor, el océano Atlántico, y todos ellos confluyen allí excepto el Mettowee, que fluye hacia el lago Champlain; y pensaba en su ahora, consciente de que con toda certeza se convertiría en un Entonces aunque fuese un Ahora, pues el presente será ahora entonces y el pasado es ahora entonces y el futuro será un ahora entonces, y en que ni el pasado ni el presente ni el futuro tienen tiempo presente permanente, no tienen certeza con respecto a ahora mismo, y ella recogió a sus hijos, el joven Heracles que siempre lo sería, sucediera lo que sucediera, y la bella Perséfone, que siempre lo sería, bella y perfecta y justa.

Pero su cabeza no estaba sobre la encimera amarilla de la cocina, separada de su cuerpo, ni el resto de ella esparcida por el tiempo: su torso conservado en el barro cerca del Delaware Water Gap, sus piernas en un afloramiento de granito del macizo de Ahaggar, sus manos en las arenas móviles de las dunas de los Algodones, y todas esas presentaciones que se encuentran en eso que llamamos Naturaleza son una vista exquisita, pero el señor Sweet no podía verlas, porque le daba miedo salir de su entorno familiar, la casa de Shirley Jackson y los bonitos muebles que contenía: el sofá y los sillones tapados con telas que la señora Sweet había comprado en la tienda de ofertas de la fábrica Waverley de Adams, en Massachusetts, y el propio tapizado, que era obra de un hombre que vivía en White Creek, en Nueva York. El señor Sweet se hizo una especie de nido para él solo en la habitación de encima del garaje, un estudio donde escribía muchas cosas, y parecía la réplica de una sala de recepción de una funeraria, eso pensaba la señora Sweet y ese pensamiento no la dejaba vivir; pero a él le encantaba aquella habitación, porque estaba oscura y llena de todo tipo de cosas que a él le encantaban, sus recuerdos de París, Francia, huevos rellenos, sus numerosas colecciones de libros de Claudine, la fotografía de la niñita a la que había pedido que se desnudara cuando ambos tenían seis años, la fotografía de la alumna de la que se había enamorado cuando ella tenía diecisiete años y él tenía veintisiete, los títeres que hacía cuando era un crío, los deliciosos púdines que comía cuando era un crío, viejas entradas usadas del ballet, viejas entradas usadas del teatro, todo ello pequeños recordatorios de un tiempo tan valioso para él: su infancia; pero ella era una bestia, y una zorra, y una bestia, y él no debía permitir que se acercara a aquella habitación y la mantenía siempre cerrada con llave y ella tenía prohibido entrar allí y él siempre llevaba la llave encima, excepto cuando se metía en la cama con ella, la guardaba en un lugar secreto, un lugar tan secreto que nunca pensaba en él por temor a que ella le leyera el pensamiento. ¿Cómo podía saber de qué era ella capaz? Las personas que llegan en barcos bananeros no son personas a las que puedas conocer a fondo, y ella había llegado en un barco bananero. Sin embargo, la cabeza de ella no estaba sobre la encimera de la cocina y la encimera de la cocina de formica amarilla, una idea repulsiva para el señor Sweet, pues una encimera de cocina debía ser blanca o de mármol o simplemente de madera, pero la señora Sweet había removido cielo y tierra hasta encontrar aquella abominación, la formica amarilla, para recubrir la encimera y luego había pintado la pared de la cocina de aquellos colores caribeños: mango, piña, no melocotón y nectarina: «Mi cocina parece la casa de alguien que mi querida madre, que me advirtió que no me casara con esa zorra horrible, mi querida madre, que vio inmediatamente que no éramos compatibles, mi querida, queridísima madre, que me advirtió que no me juntara con esa mujer sin una educación como es debido; pero a mí me encantaban sus piernas, eran tan largas..., me envolvía con ellas dos veces y todavía no tocaban el suelo, aquellas piernas que ahora están enterradas en un afloramiento rocoso en un sitio que nunca puedo visitar; y me encantaba lo bien que se le daba exagerar, de modo que si veía diez tulipanes en un jarrón decía que había visto diez mil narcisos juntos agitando la cabeza en briosa danza; a veces aseguraba que había un arcoíris en el cielo, solo porque hacía un día bonito y ella pensaba que debía serlo aún más y lo único que faltaba era un arcoíris, era tan divertida y tan diferente..., iba a todas partes y entonces volvía y me lo contaba todo y yo sabía que lo embellecía, no era que mintiera, sino que nada era nunca como ella decía: los bosques de Connecticut no eran nada bonitos, estaban llenos de moscas que te picaban para chuparte la sangre y te dejaban unas ronchas enormes; y yo no quería vivir en ese pueblo dejado de la mano de Dios, donde al menos tres mujeres han abandonado a su esposo por otra mujer y estoy seguro de que a la larga ella también lo hará, aunque no se la deseo a nadie; no quería vivir en un pueblo donde un hombre abandonó a su mujer para convertirse en mujer y poder casarse con otra mujer, alguien completamente diferente de su esposa; no quería vivir en un sitio donde todos están muy gordos y todos están emparentados con todos y las mujeres no son nada guapas y yo estoy tan contento de tener mis encantadoras y jóvenes alumnas, de las que me enamoro, no me avergüenza decirlo, aunque nunca lo diría en voz alta, nunca hablo en voz muy alta, y otra cosa que odio de ella es que ¡habla en voz muy alta, alta, alta! No quiero llegar a casa y encontrarme con una Aretha Franklin todos los días, yo no quería vivir en un sitio donde el día termina a las cinco de la tarde en enero y a las ocho de la noche en julio ni dar clase en una escuela donde el profesor de canto no sabe cantar y los otros profesores son estúpidos; odio este sitio, este pueblo, yo no quería vivir aquí, siempre he vivido en una ciudad, donde la gente es civilizada y donde no está bien visto que tengas un hijo con tu hermana o con tu hermano, un sitio donde la gente va al cine, va a ver películas de François Truffaut, *Los 400 golpes* les hace reír para sí, los distrae del hecho de que es imposible encontrar un taxi en la parte alta de la Quinta Avenida cuando lo necesitas; me arrastró hasta aquí esa zorra estúpida que llegó en un barco bananero y mi madre me advirtió que no me casara con ella, no teníamos nada en común entonces ni tenemos nada en común ahora. Me arrastró hasta aquí, dijo que los niños estarían mejor aquí: se respira aire puro, se respira aire puro pero yo odio el aire puro y todos esos árboles, todos esos árboles que pierden las hojas y que vuelven a echar hojas cuando ya creía que estaban muertos, pues me encantan los árboles muertos, me encantan los edificios altos que parecen hechos de granito o algún otro material indestructible, algo eterno, algo que siempre estará allí, una ciudad nunca duerme, siempre hay alguien haciendo algo y que no puede dormir, y allí estarán manteniendo viva para mí la idea de que estar vivo es estar continuamente en contacto con algo que nunca cesa de ser lo que es, que nunca hace pausas, que mientras yo duermo la tarea de vivir persiste; pero ella no, a ella le encanta el ciclo de la vida, o eso dice, aunque es una forma feísima de presentar una idea bonita: le encanta el ciclo de la vida pero ella es una persona fea, una zorra y una persona fea, su existencia me repugna, no se llama Lulu, se llama señora Sweet pero no es dulce; y a los niños les encantaría el aire puro y esos niños, yo no me los había imaginado, podía quererlos o no quererlos, un día ella dijo que a los niños les gustaría el aire puro: a los niños les gustaría el aire puro. Yo odio el aire puro, el concepto de aire puro, en el aire puro no está Duke Ellington y a mí me encanta Duke Ellington y muchas veces, de niño, sentado a solas en mi dormitorio, imaginaba que era Duke Ellington y que controlaba y dominaba mi orquesta llena de músicos excelentes que tocaban diferentes trompas y tambores y que entonces componía piezas musicales espléndidas que se escucharían con respeto y se reconocerían como las obras geniales que son, entonces y ahora, a la altura de Alban Berg y Arnold Schönberg y Anton Webern y esto me produce una gran frustración, pues me veo como Duke Ellington y me veo como Alban, Anton, Arnold. Y en esta casa, la casa de Shirley Jackson, acurrucada en un rincón de esta cárcel, de este pueblo de Nueva Inglaterra, ahora vivo con esa pasajera, esa pasajera dudosa, en un barco bananero, pues ¿es una pasajera o una banana? Si era una banana, ¿la inspeccionaron? Si era una pasajera, ¿cómo llegó aquí? Mi madre tenía razón: una persona que llega en un barco bananero es sospechosa; comer bananas en enero es raro, y un lujo. En cualquier caso, en invierno, de niño yo comía Rice Krispies con rodajas de plátano para desayunar sentado a los pies de la cama de mis padres y los plátanos no tenían ningún sabor que yo recuerde, eran plátanos, algo constante e inevitable como que el ascensor llegara cuando yo pulsaba un botón para llamarlo o que mi madre tratara con superioridad a la asistenta; en cualquier caso, la vida es una serie de inevitabilidades; en cualquier caso, un día mi madre falleció, y antes de fallecer ella había fallecido mi padre, y me quedé solo».

Ahora y Entonces, se dijo la señora Sweet, aunque lo hizo solo en su imaginación, mientras estaba junto a la ventana, ajena a la rabia y el odio y el profundo desprecio por ella que su querido señor Sweet alimentaba en su pequeño pecho, ahora y entonces, viéndolo tal como se presentaba, como una serie de cuadros. Las montañas Green y Anthony, el lago, el río, el valle que se extendían ante ella, tan serenos todos en su aparente permanencia, creados todos por fuerzas que no respondían a ninguna existencia conocida, eran un refugio del atormentado paisaje que constituían los cincuenta y dos años de la vida interior de la señora Sweet. No había día que amaneciera, con todo su frescor, toda su novedad, sin rastro de los miles de millones de mañanas que lo habían precedido, en que la señora Sweet no pensara, nada más despertar, en las aguas turbulentas del mar del Caribe y del océano Atlántico. Pensaba en aquel paisaje antes de abrir los ojos y los pensamientos que rodeaban aquel paisaje le hacían abrir los ojos. Sus ojos oscuros e impenetrables, como los habría descrito el señor Sweet mientras los observaba; al principio decía la palabra *impenetrable* con deleite, pues creía que descubriría algo todavía desconocido para él, algo que se encontraba en los ojos de la señora Sweet y que lo liberaría, lo liberaría, lo liberaría de todo lo que lo ataba, y entonces maldijo sus ojos oscuros, pues no le ofrecían nada; en cualquier caso los suyos, sus ojos, eran azules y a la señora Sweet le resultaba indiferente aquella característica suya en concreto. Pero los ojos de la señora Sweet no eran en absoluto impenetrables para nadie más y cuantos la conocían habrían querido que lo fueran; pues detrás de sus ojos había escenas de tumultos, revueltas, asesinatos, traiciones, a pie, por tierra y por mar, donde hordas tras hordas de seres humanos habían sido transportados a lugares de la tierra de los que nunca habían oído hablar y que ni siquiera habían imaginado, y asesinos y asesinados, traidores y traicionados, el origen de los tumultos, los instigadores de las revueltas, estaban mezclados, y desenmarañar la verdad, la verdadera verdad, y el dictado de sentencias, o la aceptación de injusticias, y aceptarlo, aceptarlo y quedarte quieto aunque se cometan injusticias contra ti, te agotará hasta reducirte a nada, y al final no eres más que la materia de que están hechas las dunas del Algodón del Valle Imperial de California, o las playas de color rosa que rodean la plataforma terrestre emergente que ahora, justo ahora, es la isla de Barbuda, o el césped de una casa de Montclair, en Nueva Jersey. Pero aquellos ojos suyos no eran un velo que ocultaba su alma, alguien tan sustancial, tan vigoroso, tan lleno de esa cosa llamada vida no necesitaba un velo, puesto que ella era su alma y su alma era ella; y su infancia y su juventud y su madurez, toda ella estaba intacta y completa; toda ella, toda ella, no es que estuviera exenta de las dunas del Algodón y de las playas de las plataformas terrestres emergentes y de los céspedes de Nueva Jersey, no exactamente, pero de todas formas, cuando abría los ojos cada una de aquellas mañanas que parecían no ser conscientes de las mañanas anteriores, veía su ahora y su entonces bajo la luz humana y se veía a sí misma con ternura y compasión e incluso amor, sí, amor, y al darse la vuelta veía a su lado al señor Sweet: su calvicie incipiente, perdiendo pelo día a día, una fina película de caspa cubriéndole el cuero cabelludo y atrapada en los mechones lisos como hilos del pelo restante, su aliento perfumado por una cena bien digerida la noche anterior, pero ella no veía sus decepciones: *La sinfonía Albany, Los cuatro cuartetos, El profesor de música.* Los ojos de la señora Sweet sí veían muy bien a la señora Sweet en la habitacioncita contigua a la cocina y allí ella cobraba vida en todos sus tiempos, entonces, ahora, otra vez entonces y estaba en la habitacioncita contigua a la cocina y se sentaba al escritorio que le había hecho Donald y ponía las manos sobre un bloc de papel de carta.

Y verla aunque fuese de manera fugaz en esa postura, sentada modestamente como si estuviera en la escuela morava de Points y tuviese ante ella un ejemplar del *Nelson West Indian Reader* y ante el escritorio que le había hecho Donald, con las manos sobre el bloc de papel de carta, hacía que el señor Sweet suspirara de desesperación, pues en verdad todos, cualquiera, todo el mundo sabía que él era el verdadero heredero de aquella postura, sentado ante el escritorio y contemplando el bloc de hojas en blanco, y, furioso, subió a su estudio, situado encima del garaje de la casa de Shirley Jackson, y se sentó al piano, y el piano no lo había hecho Donald, para quien la carpintería era un hobby y por tanto era con ese espíritu, un espíritu de amor y libre de valor terrenal, como le había hecho aquel escritorio a la señora Sweet; el piano del señor Sweet lo había hecho Steinway. Y el señor Sweet tocó un acorde, pero nadie lo oyó, nadie lo oyó en el garaje, no había nadie en el garaje, nadie podía oírlo pero él podía oír el ruido de la lavadora lavando la ropa de su familia infernal, entidad en la que él no se incluía: la ropa de sus hijos, la ropa de jardinería de su esposa, la ropa interior de su esposa, la mantelería (porque la señora Sweet no les dejaba utilizar servilletas de papel), las sábanas y las fundas de almohada, las esterillas de baño, los trapos de cocina, las toallas de baño, había todo tipo de cosas que lavar y a él nunca se le había ocurrido pensar en esas cosas que había que lavar, salvo cuando estudiaba en París, Francia, y en Cambridge, Massachusetts, y sus cosas se lavaban pero que sus cosas se lavaran no interfería con el hecho de tocar acordes. Y ahora, qué diferente de entonces; y entonces era una lucha y ahora la lucha lo conduciría a la muerte; qué feliz, pensó, estar solo, lejos de aquella mujer que podía entrar y entraba en una habitación ella sola y se sentaba a un escritorio que le había hecho Donald, y allí pensaba en su infancia, en la tristeza que había salido de aquella herida, que luego se había convertido en su propio bálsamo, la tristeza que había salido de la propia herida; ella había creado un mundo y ese mundo que había creado a partir de su propio horror estaba lleno de intereses y era incluso atractivo. Estar lejos de ella, de aquella mujer, que ahora es mi esposa, pero que entonces, cuando la conocí, solo era una chica muy delgada, como una rama solitaria de un árbol solitario que espera las tijeras de podar o como una mala hierba, nada en lo que mereciese la pena pensar cuando lo eliminaban porque interfería con algo de belleza y valor verdaderos; oh, sí, qué feliz sería estar lejos de aquella mujer, pensaba, y hablaba solo de la señora Sweet, para quien la muerte de Homer era una fuente de infinito asombro, un hombre que había reparado una casa en la que vivían, verlo muerto en su ataúd, con su ropa de caza, comprada recientemente en la tienda, allí tendido como si en cualquier momento fuese a incorporarse y decir algo que no le habría parecido aceptable al señor Sweet, pero que la señora Sweet diría que era sumamente interesante e increíble: «Qué increíble» era algo que le gustaba decir, y lo decía respecto a las cosas más simples: un arcoíris, por ejemplo; tres arcoíris, uno detrás de otro, todos a la vez, como si los hubiese dibujado un niño que levantaría sospechas en cualquier cultura en cualquier parte del mundo en cualquier momento de la historia de la humanidad; como si fuese la primera vez que algo semejante hubiese aparecido; «muy Increíble», dice ella, diría ella, eso decía el señor Sweet para sí, en su estudio de encima del garaje, donde se alojaba para no oír ningún ruido que no hiciera él mismo, y allí no podía entrar ningún coche. Aun así, oía el murmullo de la lavadora y de la secadora y el bullicio de la familia de la casa de al lado: el señor Pembroke está cortando el césped, el empleado de Green Oil está llenando el depósito de combustible para la calefacción, la Blue Flame Gas ha ido a llenar esos depósitos de gas, el empleado de CVPS está leyendo el contador, la caldera se ha estropeado a pesar de que solo tiene cinco años, Heracles tiene amigdalitis, Perséfone odia a su madre, la señora Sweet, ahora la señora Sweet es exactamente igual que Charles Laughton cuando interpretaba al capitán Bligh en la película *El motín de la Bounty*, a una alumna del señor Sweet le gustaría hablar con él para saber qué piensa de *Pierrot Lunaire* mientras se toman una copa de Pimm's Cup en el jardín de la señora Sweet, pues a esa chica le encantan los jardines y tal vez al señor Sweet le encante esa chica. Pero aquel murmullo, se dijo el señor Sweet, y mirando, entonces, por la ventana del bonito estudio que la señora Sweet se había empeñado que construyeran para él, para que él pudiera aislarse de los niños, que a lo mejor estaban en la habitación de al lado y querían construir alguna criatura con algún material comprando en Kmart que en teoría tenía que parecer la invención de un ser imaginario y sin embargo tenía un aire tan familiar, y los niños, Perséfone y Heracles, bellos y jóvenes, hacían mucho ruido, mucho ruido, y cada vez harían más ruido y el señor Sweet solo podía desear que hicieran más ruido, pues cualquier otra situación habría sido insoportable y lo habría matado incluso a él. Sí, el señor Sweet estaba muy triste, pues se había casado y había convertido en la madre de sus hijos a una mujer a la que le encantaba vivir en un pueblecito de Nueva Inglaterra, un sitio donde un hombre que iba a cazar ciervos todos los otoños de su vida había muerto subiendo uno a la trasera de su camioneta, y todo eso hacía que la mujer a la que había acabado considerando espantosa pareciera salida de un cuento leído sin pensar a los niños antes de acostarse, unos niños cuyos miedos tenían una fuente que ellos no conocían muy bien: ¡los hermanos Grimm! ¡Dios mío! *¡El conejito andarín! ¡Harold y el lápiz color morado! ¡Buenas noches, Luna! ¡La historia de dos ratones malos! ¡El sastre de Gloucester! ¡El cuento de Perico el conejo! ¡Donde viven los monstruos!* Sí, el señor Sweet estaba muy triste, pues se había casado y había convertido en la madre de sus hijos a una mujer que sabía todo tipo de cosas pero que no lo conocía a él, no conocía al señor Sweet, pero quién iba a conocer a un hombre como aquel, que no parecía un hombre sino un roedor de la era del Mesozoico, esa era en la que los primeros mamíferos habían adoptado aquella forma.

Y entonces, allí, en aquella habitación de encima del garaje y a pesar de los ruidos infernales que provenían de las grandes cajas metálicas blancas que servían para tener la ropa limpia, el señor Sweet componía sus nocturnos, pues solo le gustaban los nocturnos, y ese lo llamó *Este matrimonio está acabado* y le imprimió toda la rabia que pudo, y esa rabia era sincera y justificada, pues mira, ve, al otro lado de la ventana, fuera, al joven Heracles, entonces solo un crío, colocando su colección de huraños mirmidones, regalos escondidos en los Happy Meals comprados en McDonald's, y la carne en sí no le interesaba, lo único que quería era coleccionar los pequeños guerreros de plástico que imitaban a los seguidores de un héroe de la guerra de Troya; y ahora estaba colocándolos y volviéndolos a colocar y haciendo caer sobre ellos una tormenta imaginaria, esparciéndolos por todo el césped verde que él convertía en un mar imaginario, y mientras los huraños mirmidones volvían a ahogarse y por fin se quedaban quietos con las piernas levantadas, sujetos por las hojas de hierba que el señor Pembroke pronto tendría que cortar, el señor Sweet incorporaba esas escenas de batallas y ahogamientos a la música de su nocturno, *Este matrimonio está acabado*, aunque a veces le cambiaba el título y lo llamaba *Este matrimonio ya llevaba mucho tiempo acabado.* Ay, cuántas lamentaciones y cuánto rechinar de dientes, cuánto golpearse el pecho, cuántas lágrimas se derramaron, suficientes para formar un río turbulento, habrías podido construir un barco y navegar por él hasta el océano y al mirar atrás ver los meandros de aquel río, habrías podido ponerle nombre a ese río, eso pensó la señora Sweet un día, el primer día que oyó esas palabras, Este matrimonio está acabado, Este matrimonio ya lleva mucho tiempo acabado, aunque no la primera vez que las oyó como título de un nocturno interpretado en un auditorio, una noche de invierno, rodeada de amigos y seres queridos y apretándole la mano al joven Heracles, pues ella había querido que el niño oyera la música de su padre, pues había querido que pensara que su padre lo amaba, pues había querido que pensara que su padre la amaba, pues había querido demasiado; la primera vez que oyó aquel nocturno, la señora Sweet vio a Dan revolucionando el motor del viejo Volvo, que estaba parado en el semáforo de la tienda de la plaza, junto a un Porsche, y el conductor del Porsche se ofendió por el ruido de Volvo y cuando el semáforo cambió a verde, salió disparado y Dan y Heracles se quedaron donde estaban y se rieron de él y no sabían quién era el conductor ni se preguntaron si aquel conductor los conocía a ellos, se limitaron a reír sin parar.

Pero dejando todo eso aparte, pues aquello tendría su entonces y tiene su propio ahora, el señor Sweet, sentado en un taburete en el estudio de encima del garaje, con el dun-dun, uuu-uuu, fusss-fusss que hacían la lavadora y la secadora, allí sentado, cerniéndose sobre las teclas blancas y negras de aquel instrumento musical fabricado por una empresa llamada Steinway, con las manos suspendidas sobre aquellas teclas, los dedos extendidos, unos dedos parecidos a los de sus viejos ancestros, que habían vivido en una era remota, compuso más nocturnos, y más nocturnos, y todavía más: su vida no era como él quería que fuese, no era como él había imaginado que sería aunque no había imaginado que sería nada en concreto excepto que él sería principesco y tendría derecho a porteros, pobre pero principesco y con derecho a porteros y triste porque adoraba el ballet y a Wittgenstein y la ópera y con derecho a porteros: pasara lo que pasase tenía que haber porteros. Pero ahora, allí fuera, mientras él miraba por la ventana, estaba el joven Heracles diciendo: Papá, papá, y el joven Heracles estaba jugando al golf ahora, imaginándose que era un campeón y con una chaqueta ridícula de un tono específico de verde, o un campeón de alguna otra cosa, y el señor Sweet detestaba todo lo que al niño le gustaba y nunca quería llevarlo al Basketball Hall of Fame de Springfield, en Massachusetts, pero sí lo habría llevado a casa de Dmitri Shostakóvich si hubiese estado en Springfield, Massachusetts, y quería ver muerto a aquel niño, el joven Heracles, y que otro niño, uno que supiera estarse quieto en el cine viendo los dibujos animados, y que no necesitase Adderall ni ningún otro tipo de estimulante que lo hiciera estarse quieto, ocupara su lugar, y que alguien que dijese ¡Papá!, ¡Papá! fuese un niño que estuviese vivo aunque estuviese quieto; pero entonces, años más tarde, ahora, ahora, ahora, el joven Heracles, cuando le pedían que recordara el desastre en que se había convertido su infancia por culpa de aquellas palabras que parecían el título de una canción, un libro, una receta de una especie de bizcocho, instrucciones para eliminar las manchas de comida que te habías hecho en el vestido o en la camisa mientras le dabas de comer al bebé, torciendo a la izquierda cuando tu cónyuge está convencido de que deberías haber torcido a la derecha: *Este matrimonio está acabado*, a veces conocido como *El matrimonio está acabado*, cuando se ha reducido a una canción folclórica, y que se llama *Su esposo la abandonó,* cuando la pregunta que te hacen es esta: «Y ahora ¿qué, joven Heracles?, pues tu vida era un desastre, pero ahora debe de parecer un accidente, un montón de cosas esparcidas por todas partes vistas en el espejo retrovisor»; y el joven Heracles, sin pausa, contestó: «Sí, pero los objetos que ves en el retrovisor están más cerca de lo que parece».

Así que también, sin pausa, entonces y ahora, el matrimonio acabado se convirtió en un ente ruidoso y horrendo que bailaba en el césped, justo donde podía verlo el señor Sweet cuando estaba sentado en la habitación de encima del garaje, escribiendo y reescribiendo el nocturno; y los brazos de aquel ente tocaban las cimas de la cordillera Taconic al oeste, y sus piernas se mezclaban a su antojo con el bosque boreal al este, suspendido sobre diversos cursos de agua llamados Hudson, Battenkill, Walloomsac, Hoosic, Mettowee que había entre ambos. El matrimonio acabado ocupaba todo espacio vacío que quedara inocentemente desnudo en aquel pueblo donde vivían los Sweet, incluso en la oficina de Correos, donde la cartera miraba a la señora Sweet con lástima y desdén antes de entregarle el aviso de una factura impagada; y también estaba vivo en la tienda, pues cuando la señora Sweet entraba allí se interrumpían todas las conversaciones, y todos la miraban con lástima y desdén y quizá lamentaran que allí nadie tuviera ninguna factura impagada que entregarle, o quizá se alegraran de que allí nadie tuviera ninguna factura impagada que entregarle, y la señora Sweet compraba un poco de queso y yogur hechos por la señora Burley.

Aquel nocturno, *Este matrimonio está muerto* o *El matrimonio ya lleva mucho tiempo muerto*, o la canción folclórica *El esposo la abandonó*, le producía una tremenda satisfacción al señor Sweet, que se sentía, por primera vez en la vida, realizado; había vivido toda su vida, todo el sufrimiento causado por toda su vida había cesado justo entonces, pues había sufrido mucho: la vida de un príncipe, cuando era niño y vivía en un piso enfrente de aquella extensión de vegetación específicamente proyectada para la ciudad de Nueva York, Central Park, abrumaba todo su ser y buscó en el bolsillo de su americana de tweed, que llevaba la etiqueta de J. Press, un sastre de Madison Avenue con la calle Cuarenta y seis Este, y encontró un trozo de papel, una nota, y la leyó con la sorpresa de la novedad y la leyó con la familiaridad con que te dices a ti mismo, sea cual sea la fase en la que te halles (infancia, adolescencia, veintitantos, treinta y tantos, edad madura, vejez, en una residencia de ancianos horas antes de que tu corazón se detenga): ¡Sí! Dilo ahora, Dilo entonces, la nota no tenía nada escrito y la nota tenía esto escrito: Así es como debes vivir tu vida, y estaba firmado: Tu Padre.

Ahora la señora Sweet, que sujetaba un lápiz, empezó a escribir en las páginas que tenía delante:

«Es verdad que mi madre me quería mucho, tanto que yo creía que el amor era la única emoción y hasta la única cosa que existía; yo solo conocía el amor entonces y fui una cría hasta los siete años y no podía saber que el amor, aunque sea un parámetro sincero y estable, es el más diverso e inestable de todos los elementos y sustancias que salen del centro de la tierra; mi madre me amaba y yo no sabía que debía corresponder a su amor; nunca se me ocurrió pensar que se enfadaría conmigo por no devolverle el amor que me daba; yo aceptaba el amor que me daba sin pensar en ella y creí estar en mi derecho de vivir como a mí me complaciera; y entonces mi madre se enfadó conmigo porque yo no le correspondía amándola a ella y entonces se enfadó aún más porque yo no la amaba en absoluto, porque no quería convertirme en ella, yo creía que debía convertirme en mí misma; le indignaba que yo tuviera mi propia identidad, que fuera un ser separado de ella al que nunca alcanzaría a conocer; me enseñó a leer y estaba muy contenta de lo bien que se me daba, porque para ella leer era como un clima y no todo el mundo se adapta a él; ella no sabía que antes de que me enseñara a leer yo ya sabía escribir, ella no sabía que también ella estaba escribiendo y que tan pronto como yo supiera leer entonces escribiría sobre ella; ella quería verme muerta pero no eternamente, quería verme muerta al final del día y volver a parirme a la mañana siguiente; en una habitacioncita de la biblioteca pública de St. John, en Antigua, me enseñaba libros sobre la formación de la Tierra, el funcionamiento del aparato digestivo humano, las causas de algunas enfermedades conocidas, la vida de algunos compositores europeos de música clásica, el significado de la pasteurización; no recuerdo que me enseñaran el alfabeto, las letras A, B y C una detrás de la otra en una secuencia con todas las demás y al final la letra Z, solamente veo ahora que aquellas letras formaban palabras y que las palabras saltaban solas a mis ojos y que entonces mis ojos se las daban de comer a mis labios y así entre la oscuridad de mis ojos impenetrables y mis labios que tienen forma de caos antes de que la tiranía del orden se impusiera sobre ellos es donde me encuentro, donde encuentro mi verdadero yo y desde donde escribo; pero aprendí a escribir antes de aprender a leer, porque todo sobre lo que escribía había existido antes de que yo supiera leer y trasladarlo en forma de palabras y ponerlo en el papel, y todo el mundo había existido antes incluso de que yo supiera siquiera cómo hablar de él, había existido antes incluso de que yo supiera entenderlo, y al observarlo aún más de cerca, en realidad no sé escribir porque hay tanto antes de mí que todavía no sé leer; no escribir por qué no amaba a mi madre cuando ella me quería tantísimo; lo que yo sentía por ella no tiene nombre o yo no sé encontrarlo ahora; yo creía que su amor por mí y ella misma eran una sola cosa y que aquella cosa era mía, completamente solo mía, hasta tal punto que yo formaba parte de lo que era mío y yo y lo que era mío éramos inseparables y por eso no concebía amar a mi madre y por eso que dirigiese su rabia hacia mí era incomprensible para las dos; mi madre me enseñó a leer, al principio ella y yo podíamos leer juntas y ella y yo podíamos leer por separado pero sin entrar en conflicto, pero entonces, si lo veo ahora, solo yo escribía; después de que mi madre me enseñara a leer, provoqué una gran perturbación en su vida cotidiana: le pedí más libros y ella no tenía ninguno, así que me envió a una escuela donde solo me admitirían y a la que solo podría asistir si tenía cinco años; yo ya era más alta de lo normal para mi edad, tres años y medio, y mi madre me dijo: ahora recuerda, cuando te pregunten cuántos años tienes, contestas que tienes cinco; me hizo repetir una y otra vez que tenía cinco años y cuando la maestra me preguntó cuántos años tenía le dije que tenía cinco años y ella me creyó; quizá fue entonces cuando me familiaricé con la idea de que saber leer podía alterar mis circunstancias, quizá fue entonces cuando descubrí que la verdad podía ser inestable mientras que una mentira es dura y oscura, pues no era mentira decir que tenía cinco años cuando tenía tres y medio, pues tres años y medio entonces era ahora, y mi yo de cinco años de entonces pronto estaría en mi ahora; aquella maestra se llamaba señora Tanner y era una mujer muy corpulenta, tan corpulenta que no podía volverse deprisa, y nosotros nos turnábamos para pellizcarle el trasero, y para cuando conseguía darse la vuelta para averiguar quién había sido, nosotros habíamos adoptado tal expresión de inocencia que ella nunca sabía quién de nosotros había sido tan grosero y travieso; y fue estando presente la señora Tanner cuando desarrollé por completo mis dos yos, entonces y ahora, unidos solo mediante la visión, y así fue como sucedió: la señora Tanner nos estaba enseñando a leer con un libro que contenía palabras y dibujos sencillos, pero como yo ya sabía leer podía ver cosas que había en el libro que no debería haber visto; la historia del libro trataba de un hombre que era granjero y que se llamaba señor Joe y que tenía un perro llamado señor Dan y una gata llamada señorita Tibbs y una vaca que no tenía nombre, la vaca se llamaba simplemente la vaca, y también tenía una gallina que se llamaba Mamá Gallina y que tenía doce pollos, once de los cuales eran normales, amarillos, pero el duodécimo era más grande que los otros y tenía las plumas negras y tenía nombre: se llamaba Percy; y Percy le causaba una gran preocupación a su madre, pues siempre hacía enfadar a la señorita Tibbs y al señor Dan intentando comerse su comida; pero la mayor preocupación de su madre llegó cuando lo vio intentar volar para posarse en el palo más alto de la valla de la granja; lo intentaba una y otra vez y no lo conseguía y entonces un día lo consiguió pero solo un momento y entonces se cayó y se rompió un ala y una pata; y fue el señor Joe quien dijo: «Se ha caído el pollo Percy». Aquella frase me gustaba entonces y me gusta ahora, pero entonces yo no la entendía, solo podía fijarla en mi mente, donde reposó y creció y se convirtió en el embrión que acabaría siendo mi imaginación; tres años y medio más tarde, volví a encontrarme a Percy pero con otra forma; como castigo por portarme mal en clase, me hicieron copiar el Libro Primero y el Libro Segundo de *El paraíso perdido* de John Milton y me enamoré de Lucifer, especialmente por cómo estaba representado en la ilustración, de pie, victorioso, con un pie sobre un globo terráqueo calcinado, el otro pie en el aire, los brazos en alto en señal de victoria, blandiendo una espada con uno de ellos, con la cabellera tupida y viva porque la formaban serpientes a punto de atacar; recordé a Percy entonces y ahora sé quién es Percy».

2

Vemos entonces al señor Sweet, un niño muy pequeño con pantalones cortos y camisa de manga corta brincando por el césped de un jardín, vendiendo, como hacen los niños, agua con limón y azúcar a los amigos de sus padres, sentado en una silla y escuchando jazz, comiendo melocotones cocidos con zumo de piña, hablando autoritariamente sobre ser y no ser, atravesando la isla de Manhattan, y por aquel entonces sin poder ver la casa en la que vivía Shirley Jackson, la casa en la que viviría con las fugas atrapadas en su cabeza, asesinando al joven Heracles una y otra vez y aquel niño volviendo a la vida una y otra vez; vemos al señor Sweet, los pantalones cortos y la camisa de manga corta sustituidos por el traje de pana marrón que la señora Sweet había comprado en la tienda Brooks Brothers de Manchester; incapaz de ver su entonces ahora; vemos al señor Sweet entonces antes de ser el señor Sweet, sin ni rastro del mamífero de pelaje corto que abundaba en el Mesozoico; el señor Sweet, a quien a menudo podía verse tumbado en un sofá de la vieja casa que antaño ocupara una mujer que escribía relatos y que criaba a sus hijos y cuyo esposo la había traicionado y se había comportado con ella como un canalla, según estaba registrado en una biografía de aquella mujer.

Con los ojos cerrados, entonces, hace ahora mucho tiempo, está el señor Sweet, sentado ante un antiguo instrumento, el arpa, peleando con el enorme triángulo y sujetándolo contra su pecho pequeño y pretendidamente varonil; peleando con un tono decreciente aquí, una nota que se alarga allí; tripa en el registro medio, de cobre en el grave; los bemoles y los sostenidos, las tonalidades mayores y menores, los sistemas armónicos, las melodías dobles, la polifonía, las monodias, los melismas del canto gregoriano, las formas contrapuntísticas, allegro, conciertos, el nocturno todavía no —ahora eso no, sino la balada—, oh, sí, oh, sí, todo aquello inundaba al señor Sweet cuando se sentaba ante su antiguo instrumento, el arpa, un instrumento que adoraba y cuyo carácter sagrado lo debilitaba, él era muy joven, todavía no era el señor Sweet y sin embargo siempre había sido el señor Sweet, como incluso él veía ahora entonces.

Oh, pero esta es la voz del intérprete de una monodia, y con el instrumento antiguo el señor Sweet está solo en el escenario, hasta han apartado el podio, el auditorio se halla repleto de butacas pero no hay público, y eso le gusta al joven señor Sweet, que entonces es joven y de tamaño normal, y no viejo y del tamaño de un topo como ahora, y toca el antiguo instrumento con regocijo y amor y vigor terrenal, con mucho vigor, y rompe todas las cuerdas del antiguo instrumento del que ahora, justo ahora, en este preciso momento, no sale música alguna. Pero entonces, entonces el auditorio está repleto de butacas pero sin gente, no hay absolutamente nadie, y pulsando las cuerdas del antiguo instrumento, con sus cuerdas hechas de tripa y de cobre, el señor Sweet toca una canción, pues todavía no es un teórico y toca una canción, una canción completa llena de armonías y melodías tan sencillas que cualquiera podría cantarla, hasta Heracles justo después de que el señor Sweet lo hubiera decapitado podría cantar esa canción. *La decapitación de Heracles* era un título que el señor Sweet le ponía a toda la música que tocaba en el antiguo instrumento Entonces, *Dulce noche para Heracles* es el título que el señor Sweet le pone a toda la música que toca en el antiguo instrumento Ahora. Y al final de cada suite y de cada sonata, pues el joven señor Sweet lo toca todo de todas las maneras, cada tipo entonces era el mismo, ya que no había ningún público que pudiese hacer la distinción y las butacas son indiferentes, había un silencio ensordecedor: un aplauso, sí, y silencio de todas formas. Entonces el señor Sweet era un inmortal para las butacas vacías, pero era un niño con todas esas cosas martilleando en el interior de su cabeza, notas y más notas musicales que se disponían de todas las formas conocidas pero nunca de formas todavía no conocidas.

Oh, y esa fue la palabra que oyó la señora Sweet, aquella pobre y querida mujer que zurcía calcetines en el piso de arriba. Oh, era la voz del monodista, de su pobre y querido señor Sweet. Se oía un porrazo, zas, y era Heracles haciendo un hoyo, una canasta o un gol, y sin embargo iba sobre par o bajo par, la señora Sweet nunca estaba segura. La cabeza del niño, liberada de su cuerpo, que contenía las vísceras, llenaba todas las butacas vacías del auditorio del recital del joven señor Sweet. Así no, así no, gritaba el joven señor Sweet, y volvía a vaciar las butacas. Las cuerdas del arpa, de tripa y cobre, se rompían y él se doblaba y se agachaba para arreglar el instrumento, con lo antiguo que era su instrumento. La casa de Shirley Jackson él no la conocía entonces. Entonces nunca imaginó —su juventud era su ahora— que viviría en una casa así, tan grande, tan llena de espacios vacíos que jamás se utilizaban, que nunca se llenaban ni siquiera en la imaginación y con el joven Heracles con sus infinitos trabajos de golpear pelotas, grandes y pequeñas, y meterlas en agujeros de todos los tamaños; el joven Heracles creciendo en su juventud, no haciéndose mayor, solo creciendo en su juventud, volviéndose cada vez más perfectamente joven, con los numerosos trabajos que tenía que realizar, realizándolos cada vez más perfectamente, al principio realizándolos con torpeza, sin ninguna excelencia, pero volviéndose luego tan bueno que conseguía meter cualquier pelota de cualquier tamaño en cualquier agujero, sin importar su anchura ni su profundidad ni su altura. Zas, era el ruido provocado por el rápido movimiento de la mano de Heracles al lanzar una pelota por el aire turbulento; zas, era el ruido de su cabeza cortada al separarse del cuerpo. Oh, era el sonido que salía de la boca del monodista, el señor Sweet, el señor Sweet al ver a Heracles recoger su cabeza del suelo y volver a colocársela sobre el cuello, que estaba justo sobre sus hombros, con gran destreza, como si hubiese nacido para hacer únicamente eso, mantener la cabeza en ese sitio, justo encima de los hombros.

El joven Heracles, sus trabajos, tantos, tantos: fregar los platos, guardarlos, limpiar las cuadras, pasear los caballos, arreglar el tejado, ordeñar las vacas, salir del útero de su madre de la forma habitual, matar al monstruo, atravesar el río, regresar, escalar la montaña, descender por la ladera opuesta, construir un castillo en lo alto de un monte, encerrar a los inocentes en una mazmorra, causar estragos en pueblos enteros para sorpresa de sus habitantes, capturarlos y entonces despellejar la zorra, comerse las verduras y también la carne, matar a su padre, no matar a su padre, querer matar a su padre pero no matar a su padre, mantener la cabeza sobre los hombros, sobrevivir al umbral de la noche, esperar al amanecer, llevarse un pico al iris (de los ojos, no a las flores que crecían en el jardín de su madre), atrapar el sol, desterrar a la luna, en todo momento su piel muy fría, el fuego en su espalda, cruzar la calle él solo, atarse los cordones de los zapatos, besar a una chica, dormir en su propia cama. Ay, papá, dijo Heracles mientras corría a coger un vaso de agua del fregadero de la cocina para saciar la sed insaciable que había adquirido tras uno de sus numerosos viajes, Lo siento, Lo siento. Entonces Heracles había chocado contra el señor Sweet, golpeándolo de lleno en la cabeza, haciendo que le salieran luces centelleantes de las orejas y los orificios nasales y los ojos, sumiendo al señor Sweet en un coma del que salió muchos años más tarde para, de inmediato, volver a cortarle la cabeza a Heracles. Pero aquel Heracles, bendecido con un instinto natural de supervivencia que nunca jamás lo abandonaría, recogió su cabeza y volvió a ponérsela otra vez, y ahí ha seguido teniéndola, justo sobre los hombros.

Oh, era el sonido del hondo suspiro que escapaba con violencia de la cárcel de los labios del señor Sweet, que estaba tumbado en el estudio de encima del garaje de la casa de Shirley Jackson. Y estaba allí tumbado en un sofá marrón, quieto, como si estuviera muerto, pero no estaba muerto, solo odiaba estar vivo, con aquella esposa que ahora, ahora, tejía con furia, incluso con gran vigor. El corazón de ella se aceleraba por el esfuerzo, latía cada vez más deprisa y luego aún más deprisa. Oh, su corazón latía a una velocidad tan peligrosa que casi se provocaba la muerte a sí mismo, pero la señora Sweet dijo, gggggrrrrgghhhh, el sonido de la sangre y el oxígeno combinados como si llegaran simultáneamente a su garganta. Qué demonios y oh, mierda, dijo la señora Sweet, y cómo le sorprendió que esas palabras salieran catapultadas y rebotaran por su cabeza, pues esas no eran sus propias palabras, esas eran las palabras de Heracles, así hablaba Heracles cuando creía que nadie lo oía. Pero eso (qué demonios, oh, mierda) era en respuesta a: los niños —es decir, Heracles y Perséfone— no se levantarán de la cama a tiempo para coger el autocar escolar, el hombre que sabe reparar los electrodomésticos no llegará a la hora acordada, lloverá cuando debería lucir el sol, la fruta se pudrirá en los árboles, el señor Sweet no saldrá del estudio de encima del garaje como el señor Sweet, saldrá del estudio de encima del garaje dentro de un ataúd forrado de terciopelo malva, una imitación de un joyero, el señor Sweet estará muerto. Esto último —que el señor Sweet estaría muerto—: si el señor Sweet estaba muerto, ¿qué sería de la señora Sweet, quién sería ella? La señora Sweet era tejedora y zurcidora de calcetines, y tejía y zurcía porque mientras lo hacía podía delinear y diseccionar y, entonces, analizar el mundo tal como ella lo conocía, tal como lo entendía, tal como lo imaginaba, tal como se le presentaba por medio de la existencia cotidiana.

Todo ese día, toda esa noche, mientras esa cosa llamada tiempo se derrumbaba dentro de ella misma, la señora Sweet hacía calcetines y de esa forma delimitaba el tiempo, y de esa forma buscaba las cosas que todavía no habían entrado en su pensamiento. Tejía y remendaba los calcetines, reparando los agujeros, a veces dando puntadas normales y corrientes, y a veces haciendo un árbol de Navidad y un Papá Noel de rojo y verde para llenar los agujeros, y al final los deshacía y acababa llenando los agujeros con estrellas de seis puntas y pergaminos bíblicos azules y blancos. El señor Sweet lo odiaba, cuánto odiaba eso, las estrellas de seis puntas y los pergaminos bíblicos azules y blancos, y al verlos juraba que él sería católico de lecho de muerte, a saber lo que significaba eso, pensaba la señora Sweet, pues ella amaba mucho al señor Sweet y siempre pensaba que sus contradicciones eran motivo de risa, a saber lo que eso podía ser o significar, un católico de lecho de muerte. Pero la señora Sweet amaba al señor Sweet.

Y sucedió que un buen día, de repente, ahora, para ser exactos, el señor Sweet le dijo: Nos has dicho cosas horribles a mí y a Heracles y a Perséfone y a las otras personas que todavía no han nacido de ti y de mí. Al oír eso, la señora Sweet se puso a llorar como una Magdalena, pues no podía creer que fuese una clase de señora Sweet capaz de decir cosas que no fuesen amables y dulces, y se quedó callada. Al ver su manto de fieltro negro, esto es su piel natural, pues la señora Sweet por aquella época lograba ser ella misma de vez en cuando, el señor Sweet deseó su muerte, pero ella estaba muy viva, zurciendo los agujeros de los calcetines como es debido, a veces rellenándolos con dibujos que a él no le gustaban, dibujos que él odiaba tanto; ella estaba muy viva cuando bajó la escalera después de zurcir los calcetines, con los hombros hacia atrás, rectos, como si nunca hubiesen llevado ninguna carga ni ningún peso de ningún tipo, de ninguna clase.

Me has dicho cosas horribles, le dijo el señor Sweet a la señora Sweet cuando ella entró por la puerta de la casa, la misma en la que había vivido Shirley Jackson, y aquellas palabras eran nuevas para los oídos de la señora Sweet pues entonces ella acababa de regresar de la sinagoga y había una información que quería compartir con él. El rabí le había hablado a la señora Sweet de una interpretación bíblica. El rabí le había dicho que en una visión se había revelado que todos los ladrillos fabricados por los esclavos que habían construido la antigua civilización egipcia contenían un bebé. Dentro de cada ladrillo había un bebé completamente formado, y el bebé lloraba. Dentro de cada ladrillo había un bebé perfecto acurrucado, allí dentro, y no estaba ni muerto ni vivo, caviló la señora Sweet mientras zurcía los calcetines en el piso de arriba, en un piso distinto del estudio, y mientras zurcía los calcetines no pensaba en lo que estaba aprisionado en cada puntada, y cada puntada era una cosita en sí misma que compondría una totalidad. Seré un católico de lecho de muerte, le había dicho el señor Sweet, y con gran odio, pensó la señora Sweet entonces, pero no sabía si ese odio iba dirigido al bebé que había dentro de aquel ladrillo antiguo o al sacerdote. Seré un católico de lecho de muerte, y mientras la tierra giraba y proseguía su misterioso camino, misterioso para cualquier ser humano que intentase comprender su lugar en el mundo (es decir, la señora Sweet), su lugar en el mundo (es decir, el señor Sweet), Heracles todavía no (aún era un crío), Perséfone todavía no (aún era una cría), la señora Sweet les daba vueltas y más vueltas a aquellas palabras.

El señor Sweet no odiaba al rabí, ni odiaba a los católicos, eso pensó la señora Sweet. El señor Sweet no odia al rabí ni odia a los católicos, pero me odia a mí, eso no fue lo que pensó la señora Sweet. La barbilla se le bajó hasta donde se le juntaban los pechos y luego se le volvió a subir a su posición natural, que a su edad era a la altura de las clavículas. Qué agotadores eran el señor Sweet y sus arrebatos y qué agotador resultaba entenderlos, pensó la señora Sweet, pero por otro lado ya nadie hacía eso, nadie, ni Meg ni Rob —por poner un ejemplo— se planteaban los arrebatos, los cambios de humor, las emociones inestables de su pareja agotadora. Heracles le pedía a su madre, es decir, a la señora Sweet, que le preparara una comida, el desayuno o la cena u otra comida entre esas dos, y ella se ofendía y discutían por ello, y el resultado era una gran calma, incluso silencio, y la calma y el silencio estaban llenos de muchísimas palabras.

Oímos entonces al joven Heracles, que todavía desconocía los conceptos de honor y gloria: Papá, dijo, ¿quieres ir a la bolera? Pero el señor Sweet veía la bolera, donde había personas que habían comido más de lo que deberían y eso mismo era una medalla de honor, y hablaban en voz alta y morirían de enfermedades curables, no morirían de causas naturales, pero cuáles podían ser estas, pues morir es natural. Pero a su tiempo llegará una serie de sucesos saturados de sensaciones y olores y cómo alguien los recordaba y cómo algo, cualquier cosa, se percibía, y los sonidos y alguien que experimentaba la relación entre el sonido y el tiempo e incluso el espacio... ¡Oh, oh! Oh, oh, dijo el señor Sweet, ¿tenemos que ir?, ¿tenemos que ir?, y veía a toda la gente que había en la bolera, lanzando bolas con precisión y hallando satisfacción en eso, y lanzando bolas con actitud despreocupada y hallando la misma satisfacción en eso, y odiaba a esas personas, porque ninguna sabía qué eran los adagios ni los sis bemoles ni las sinfonías ni el buguibugui ni nada de eso, solo entendían del placer de la bola de madera derribando los bolos de madera dispuestos al final de la pista. ¿Papá, quieres ir a jugar a bolos?, le preguntó Heracles al señor Sweet, y el señor Sweet dijo: Sí, a ver si así se te traga la bolera, pero Heracles corrió al coche, un viejo Volkswagen Rabbit con el que iban a la bolera, y no oyó a su padre pronunciar esas palabras. Justo antes de entrar en la bolera, el señor Sweet se cayó y se rompió un hueso del meñique de la mano derecha y durante un breve tiempo no pudo tocar al pianoforte una melodía escrita por un alemán de mediados del siglo XIX, y la señora Sweet se quedó quieta. Los amaba mucho a los dos, al joven Heracles y a su esposo, el señor Sweet con su traje de pana marrón que le ceñía tanto el cuerpo que parecía un mamífero de la prehistoria.

La señora Sweet era la madre de Heracles y eso era tan natural y tan incuestionable como el movimiento rotatorio de la tierra. La señora Sweet amaba al joven Heracles, lo amaba mucho y prestaba especial atención a todas sus necesidades y le consentía todos sus numerosos y divertidos caprichos: quería ver las máquinas que retiran la nieve —las quitanieves— aparcadas en el garaje municipal, donde las guardaban cuando sus gigantescas palas no tenían que apartar la nieve formando altos ventisqueros. Cómo le gustaba a Heracles aquello, kilómetros y kilómetros de carretera cubiertos de nieve y las quitanieves retirándola y abriendo un camino en ella. Y también le encantaba ver cómo construían altos edificios con unas máquinas que hacían tanto ruido que no oía a la señora Sweet diciéndole lo mucho que lo amaba. Y le encantaba ponerse solo ropa caliente, y la señora Sweet hacía que brillara el sol y hacía que la ropa se calentara, y, si no, metía la ropa en la secadora y la calentaba. A Heracles le gustaba que la ropa estuviera caliente cuando se la ponía y la señora Sweet hacía que así fuera. Pero era Heracles quien era innato para la señora Sweet, y no al revés. Heracles miraba a la señora Sweet con desdén y así debía ser, pues los débiles nunca deben admirar a los fuertes.

Ella se preocupaba y se angustiaba y se enojaba cuando pensaba en la vida de Heracles y en cómo la viviría. ¿Y si Heracles salía corriendo del jardín detrás de una de aquellas pelotas, ya fuera una bola de golf, o una pelota de baloncesto, o de béisbol, o de fútbol, que alegre y violentamente lanzaba por los aires? El jardín de la casa de Shirley Jackson tenía una frontera. La frontera eran las estaciones: invierno, primavera, verano y otoño. Pero fuera cual fuese la estación, hiciera el tiempo que hiciese, Heracles jugaba con aquellas pelotas, la señora Sweet zurcía y tejía aquellos calcetines y el señor Sweet se tumbaba en el sofá del oscuro estudio.

Heracles ahora se agacha para recoger su tímido mirmidón, un regalo que obtuvo con el Happy Meal que la señora Sweet le había comprado en McDonald's. Los huraños mirmidones, figuritas diminutas de plástico, rojas y verdes y azules, eran tímidos; se pegaban el escudo al pecho y levantaban su lanza, siempre preparados para atacar e infligir dolor, la muerte imaginaria. Cuando Heracles tenía cuatro y cinco y seis años, los ponía en fila unos frente a otros en la escalera, fuera de su habitación, en los campos de batalla, y esas figuritas de plástico derribaban inventos imaginarios, valerosos inventos, una y otra vez, y entonces descansaban porque estaban muy cansadas de luchar, y entonces un desavisado e inocente señor Sweet pisaba su abandonada formación y, tras ese encuentro, a veces casi se partía la crisma al caer por la escalera. Oh, mierda, decía y entonces miraba rápidamente alrededor, miraba a uno y otro lados, como si un artilugio metálico controlara sus ojos, aquel pequeño desgraciado, aquel mocoso de mierda. Pero su madre amaba a Heracles y lo llevaba a McDonald's a comprarle sus Happy Meals, incluso cuando ella era infeliz y no sabía que lo era, la felicidad era la esfera de Heracles y de su padre y de su hija la bella Perséfone y de los huraños mirmidones, de plástico o no, y de cuanto había en la casa de Shirley Jackson. Heracles entonces se agacha para recoger un tímido mirmidón, y Entonces es lo mismo que Ahora, Entonces de vez en cuando se convierte en Ahora.

Los huraños mirmidones a veces estaban alineados, dispuestos en formaciones, preparados para pelear y triunfar sobre sus adversarios, a los que Heracles no podía ver, pero los huraños mirmidones tampoco, y todo funcionaba así, de una forma que satisfacía a Heracles ahora y entonces, entonces o ahora, pues era a la vez una carga y un placer. Otras veces los huraños mirmidones estaban separados unos de otros, esparcidos por el suelo de la habitación donde Heracles dormía solo; en el cesto de la ropa sucia y, entonces, rescatados del ciclo de lavado de la lavadora por la señora Sweet; en la escalera por la que una mañana espléndida el señor Sweet estaba bajando justo después de levantarse, resbaló y se rompió una vértebra. La vértebra se curó, pero el señor Sweet no. Heracles dijo: Lo siento, papá, como hacía siempre, y disculparse era habitual en él, como el oxígeno. Se hundía, Lo siento, papá, y se hundía en todo lo que era ahora, que más tarde se convertiría en Entonces, en todo lo que emocionaba a Heracles, pero de las emociones se ocuparía entonces, no ahora, nunca ahora.

Pero los numerosos y huraños mirmidones, que eran el resultado de numerosos viajes a los McDonald's para comprar numerosos Happy Meals, estaban alineados y entraban en combate con unos enemigos imaginarios y salían triunfantes, por supuesto, una y otra vez salían triunfantes, por supuesto, y el campo de batalla imaginario estaba cubierto de sangre, de sangre auténtica, gran cantidad, que lo cubría todo; eso pensó Heracles, eso se dijo, eso imaginó, también. Los huraños mirmidones vencen, es otra cosa que dijo, o imaginó. Y entonces se quedó dormido. Despierta, despierta, le gritó su hermana, pues él tenía una hermana de pelo rizado. Despierta, le gritó su hermana, hay una serpiente de nueve cabezas a tu lado en la cuna. Y el jovencísimo Heracles entonces dio un salto mortal y, colocándose frente a la serpiente de nueve cabezas, les sacó la lengua a todas aquellas cabezas; sin hacer demasiado esfuerzo cortó aquellas cabezas y las tiró por encima de su hombro, las nueve, y fueron a parar al suelo de la cocina recién fregada de la señora Sweet. Dios mío, se dijo ella, este crío siempre está tramando algo, a ver qué ha liado esta vez. Y recogió las nueve cabezas de serpiente y las metió en una bolsa, limpió el suelo y le pidió al señor Sweet que fuera y sacara la basura, por favor.

Pero el señor Sweet estaba en su estudio de encima del garaje, donde tanto le gustaba estar; no era una funeraria, pero él estaba de luto y celebrando un funeral por su vida, la que nunca había vivido, y la señora Sweet al llamarlo interrumpió su luto, siempre estaba interrumpiendo algo, su vida o su muerte, siempre estaba interrumpiendo. El estudio se hallaba a oscuras, entonces, ahora, pero no completamente, cada cosa se veía claramente pero como una sombra de sí misma. Al señor Sweet le encantaba eso, que cada cosa fuese una sombra de sí misma. Pero estaba la voz de la señora Sweet, no la sombra de su voz, ella no era capaz de eso, de un susurro, de transmitir sus sentimientos más profundos con una mirada, ni de detener su respiración por completo, para, para, para, ahora mismo. Señor Sweet, gritaba a pleno pulmón, y su voz sonaba más fuerte que la de un pregonero, más fuerte que la advertencia de un desastre inminente, hacía mucho ruido, la señora Sweet hacía mucho ruido. Señor Sweet, ¿puedes sacar la basura, por favor? Slaaap. Slaaap era el ruido de los pies del señor Sweet enfundados en unas pantuflas de franela cuando las arrastraba por el suelo y su rabia era tan grande que casi le devolvía la vida a la serpiente de nueve cabezas que ahora estaba muerta. En cualquier caso su rabia era tan grande que hacía que se le desgarrara el pecho y le explotara el corazón, pero la señora Sweet, tan acostumbrada a zurcir calcetines, aplicó su habilidad a esa tarea y pronto recompuso al señor Sweet, que volvió a quedar con el corazón de una sola pieza dentro del pecho cerrado y cosido.

Ese imbécil ha estado a punto de matarme otra vez, se dijo el señor Sweet, y no será la última, volvió a decirse, y se acordó de aquella vez, no hacía mucho entonces, en que él bajaba la escalera y Heracles subía la misma escalera y se encontraron a mitad de camino y chocaron sin querer y Heracles, sin querer, para recuperarse del choque, le agarró los testículos al señor Sweet y tiró de ellos y tiró de ellos con tanta fuerza que fueron a parar al océano Atlántico, que estaba Entonces y está Ahora a cientos de kilómetros. Los testículos entonces cayeron en aquella gran masa de agua, pero no provocaron tifones ni maremotos ni huracanes ni erupciones volcánicas ni desprendimientos inesperados de proporciones increíbles ni nada digno de mención; simplemente cayeron y cayeron en silencio en la parte más profunda de aquella masa de agua y nunca más volvió a saberse de ellos.

Oh, qué silencio descendió sobre la familia, la familia Sweet, que vivía en la casa de Shirley Jackson: sobre el pobre Heracles, que se detuvo largo rato en lo alto de aquella escalera; sobre su hermana, que se acurrucó en la cama y se puso a dormir como una semilla de judía plantada en la fértil tierra de un cuidado huerto; el señor Sweet retiró los dedos de las cuerdas de la lira; sobre la querida señora Sweet, que se quedó quieta con la labor en el regazo, con la aguja de zurcir en la mano y las agujas de tejer a punto de perforar el talón de alguna prenda, a punto de acabar alguna prenda. Y entonces, armándose de valor, contemplando lo que tenía ante sí, la señora Sweet buscó entre los numerosos pares de calcetines que había estado zurciendo una y otra vez, sacó un par y le hizo unos órganos nuevos a su querido señor Sweet, tratando y consiguiendo que parecieran idénticos al par de testículos completo que le habían pertenecido y que había quedado destruido sin querer por su hijo, el joven Heracles. Y cuando el señor Sweet se sumió en un profundo sueño de frustración tras no saber qué hacer con respecto a sus testículos perdidos, la señora Sweet le cosió los calcetines zurcidos en su sitio, haciendo que los talones imitaran el vulnerable saco de líquido y materia sólida que habían sido los testículos del señor Sweet.

Y entonces, oh, sí, entonces, las hermosas y marrones manos de la hermosa y querida señora Sweet se habían vuelto de un blanco triste, y huesudas y resecas. El resto de su cuerpo seguía siendo de un precioso tono moreno, un moreno que brillaba y relucía, un moreno únicamente suyo, ninguna otra señora Sweet habría podido poseer aquel moreno tan brillante, tan reluciente que a veces parecía que ella fuese alguna forma de comunicación secreta, un punto de luz que incidía en el extremo de su oreja podía significar algo, podía ser una señal de que había que iniciar unos cambios enormes; o la luz matutina, que entraba fugazmente por la ventana que había justo encima del fregadero de la cocina, y que por un momento se posaba en el punto chato que era la punta de la nariz chata de la señora Sweet, que estaba allí de pie cogiendo agua para preparar el café del desayuno; la luz entonces provocaba tal destello que habría podido confundirse con la advertencia de un cataclismo inminente. Pero la desdichada blancura de sus manos huesudas y resecas no le interesaba a la señora Sweet, pues combinaba muy bien con los calcetines gastados que había que zurcir continuamente. Así que la señora Sweet iba de entonces a ahora, y vuelta a empezar.

Entonces llegó el momento, de repente, en que el señor Sweet abrazó su rabia, pues tenía que enfrentarse a un hecho ineludible: Heracles había crecido quince centímetros en un año, y si no paraba de crecer ahora pronto sería mucho más alto que el señor Sweet. ¡Cómo rabiaba el señor Sweet en silencio en su estudio sin sol de encima del garaje! A fin de conmemorar esos sentimientos, su soledad, su melancolía, su eterno dolor, el señor Sweet escribió una fuga para una orquesta compuesta por cien liras. «Mira —le dijo a la señora Sweet mostrándole la partitura completa, de cien páginas—, ¿verdad que es original, verdad que es algo que nadie ha hecho nunca?». Y la señora Sweet, que era sumamente dulce y amable, sabía y por tanto no hacía falta decírselo que no sabía nada de música y se preguntó dónde encontraría, cerca de la casa de Shirley Jackson, a cien músicos especializados en tocar la lira. ¡La lira! Estaba sentada al escritorio que le había hecho Donald, y un saltamontes verde encontró la forma de colarse en su santuario y ella deseó de inmediato que fuese una tortuga, pero el saltamontes no se convirtió en tortuga, sino que empezó a frotarse las patas traseras, y ella torció el gesto al oír aquel desagradable chirrido. ¡Ñiiii!

Las páginas y más páginas de la partitura de la fuga del señor Sweet pesaban tanto que la señora Sweet se dobló bajo su peso. ¿Qué podía hacer? ¿Qué debía hacer? La señora Sweet rastreó los pueblos y las aldeas de la región, buscó dentro de las iglesias y las sinagogas y los albergues para los sinhogar, y entonces pidió consejo a los cabezas de familia y a los sinhogar hasta que, tras años y años, reunió a cien músicos distinguidos especializados en tocar la lira. Se congregaron y formaron un grupo en la pequeña zona verde que había junto a la casa en la que Shirley Jackson había vivido un tiempo. Pero entonces el señor Sweet contrajo un resfriado y se le contracturaron también los hombros y tenía la garganta roja y dolorida y tenía los pies planos y se apoderó de él un miedo terrible a los espacios abiertos.

Los huraños mirmidones estaban en fila lado a lado, con el pelo amarillo de plástico ondulando en la misma dirección que la túnica verde de plástico, alejándose de su cuerpo, y eso les daba un aire de movimiento rápido e incesante. Enfrente tenían a las legiones de hombres de plástico con caparazón de tortuga y con las espadas a punto para atacar a los huraños mirmidones. Heracles había conseguido las legiones de hombres de plástico con caparazón de tortuga armados con espadas como extras también de sus Happy Meals, aunque él nunca se comía la comida, solo le gustaban las cosas que regalaban con la comida: huraños mirmidones, hombres con caparazón de tortuga o a veces una capa sobre los hombros, caballos con alas, pájaros con pies humanos. Los huraños mirmidones ahora atacaron a las legiones de hombres con caparazón de tortuga y había sangre por todas partes mezclada con los huesos y los caparazones y otros tipos de materia corporal, y en medio de tantos gritos y chillidos imaginarios y de tanto sufrimiento imaginario se oía al señor Sweet revisando y reescribiendo partes de su fuga: las notas dulces se volvían amargas, las notas amargas se volvían aún más amargas. Por encima de la sangre, los huesos y los otros tipos de materia corporal (pues el joven Heracles era muy alto), el joven Heracles giró sobre sí mismo sosteniéndose sobre el talón de un pie, con el otro pie perfectamente arqueado en el aire para procurarle equilibrio, y soltó una gran carcajada que se extendió por el valle y fue a detenerse en la ladera de la montaña que se elevaba sobre el mismo valle y regresó hacia Heracles y su hogar en la vieja casa de Shirley Jackson, pero no sin antes posarse levemente en el cementerio judío donde estaban enterrados sus antepasados y en el campo de golf y en el Powers Market y en el Paper Mill Bridge.

Heracles, Heracles, se dijo la señora Sweet, pero aunque nadie la oyó, para ella el sonido de aquel nombre entonces era como si estuviera en una habitacioncita donde no podía entrar ninguna sensación, solo el nombre, Heracles, que llenaba aquel tiempo entonces y aquel espacio ahora. A menudo el nombre de su hijo la dejaba con esa sensación, su nombre y por tanto también él lo invadían y lo llenaban todo, tiempo o espacio, espacio o tiempo, una cosa o la otra. Para la señora Sweet, ese nombre entonces hizo que la fina arruga de su entrecejo se hiciera más profunda, pero esa profundización solo podía verse con ayuda de un microscopio. Y el señor Sweet, al oír esa ruidosa carcajada, le deseó a su hijo un buen viaje a los confines del universo en una cápsula espacial defectuosa; cómo le habría gustado ver la cara de Heracles en una situación así.

Pero entonces: cien liras, cien músicos para tocarlas, pensó la señora Sweet, y siguió ocupándose de sus tareas, que consistían en hacer los instrumentos y a los músicos. Su concentración era inquebrantable, su devoción era incuestionable, su amor no tenía límites. Cuánto amaba la querida señora Sweet al señor Sweet y por eso también amaba cuanto él creaba: fugas, conciertos, piezas corales, suites y variaciones.

Pero ¡un millón de liras y músicos para tocarlo todo! La señora Sweet se puso manos a la obra. Plantó campos y más campos de algodón y caña de azúcar e índigo y envió a muchas familias a las minas de sal. La señora Sweet llevó sus productos al mercado como cultivos comerciales, como artículos manufacturados, como puro trabajo manual, y obtuvo unos beneficios disparatados y con sus beneficios entonces hizo las liras y a las personas que sabían tocarlas y luego construyó una sala de conciertos, una sala de conciertos tan grande que para recorrerla se necesitaba el fanatismo de un peregrino. Aquel día en que la señora Sweet reunió las liras y a las personas que sabían tocarlas en la gran sala de conciertos en la que aquella fuga tan elaborada y complicada y única y trascendental del señor Sweet iba a interpretarse por fin, el señor Sweet sufrió un episodio de tendinitis en los talones. Y era completamente cierto, padecía tendinitis y le dolían mucho los talones, y para colmo se enfureció al ver que la querida señora Sweet había hecho posible su imposible exigencia. En esa atmósfera de los logros de la señora Sweet, tan mágicos eran, creció el señor Sweet, pero no en amor ni en gratitud, sino en resentimiento y en odio.

Yo no he vivido como un intelectual, dijo el señor Sweet, todavía dolido por los insultos que le había lanzado la señora Sweet, sobre todo el más reciente sobre la sala de conciertos y los cien músicos; ella le había pedido que cerrara la puerta del garaje, fregara los platos, limpiara la encimera, limpiara el fregadero, sacara la basura, Yo no he vivido como un intelectual, eso es verdad, dijo el señor Sweet, pero tampoco estaba previsto que hiciera esas cosas, no puedo hacer esas cosas.

Y el señor Sweet se repantigó en la butaca de su estudio de encima del garaje, la butaca con patas acabadas en forma de garras de felino. Un fuerte crujido y un rugido atravesaron la ventana cerrada. Heracles había soltado a su manada de leones. El señor Sweet sintió que una descarga de odio recorría rápidamente todo su cuerpo, pero no amenazó con consumirlo, así que se calmó y miró hacia arriba. El techo abovedado estaba pintado de azul cielo, y si lo mirabas sin pestañear demasiado rato se extendía hasta el infinito. Aparecieron unas débiles luces aquí y allá, y entonces brillaron intensamente las constelaciones, empezando por Orión, la Osa Mayor, la Osa Menor, el arco de Arturo, el Can Mayor y el Menor, Cástor y Pólux, y así sucesivamente, expandiéndose más y más hacia los confines de la noche. Pirámides de ideas y sentimientos perseguían al buen hombre que ahora estaba dulcemente repantigado en la butaca: a sus preciadas pantuflas de franela, que le había regalado su madre cuando cumplió doce años, les habían salido agujeros en las suelas y las pantuflas no podían repararse ni sustituirse por otras exactamente, pues ya no se fabricaban pantuflas como aquellas. El señor Sweet todavía podía seguir usando aquellas pantuflas ahora que era un hombre de mediana edad, no había crecido ni un centímetro desde los doce años. El mundo era un lugar frío y desconsiderado con su pobre alma. El cielo que tenía en lo alto, aunque solo fuera el techo azul celeste del estudio de encima del garaje, era inmenso, y se expandía, liso y a la vez ondulante, y contenía paraísos y también refugios, espacios que palpitaban como una arteria importante del cuerpo pero sin su importancia y sin su responsabilidad, espacios en los que no podía instalarse la experiencia cotidiana. Los filos de la noche, una noche todavía no del todo oscura, enmarcaban el azul celeste. Los filos de la noche dejarían paso a una oscuridad impenetrable, pero entonces el señor Sweet mantenía eso, los filos de la noche, a cierta distancia. Los filos de la noche es una metáfora, escribiré una sinfonía, una alusión encubierta a esto, los filos de la noche es una metáfora, se dijo el señor Sweet, y lo dijo solo para sí. Entretanto, el punto fijo del techo azul celeste se expandía más y más en la mente del señor Sweet, como si este se hallara bajo la influencia de una droga que alterara la conciencia o como si se hubiese propuesto verlo así. El universo, o eso le parecía al señor Sweet o a cualquier otra persona, y cuando decía cualquier otra persona se refería a la señora Sweet, al joven Heracles y a su hermana de rizos lustrosos, mientras estaba tumbado mirando hacia arriba; ¡los filos de la noche se expandían más y más hacia fuera y descendían sobre él y entonces la noche se lo tragaba y él se dormía y dormía y dormía en ella!

El batallón de huraños mirmidones estaba esparcido por el césped y por los parterres de flores de la señora Sweet, algunos tumbados boca abajo, otros tumbados boca arriba. Heracles se encontraba de pie junto a ellos, con una rama caída del abeto, una rama seca, en la mano derecha. ¡Uooo! ¡Síííí! ¡Aaargh! ¡Yiiiaaa! Soltaba una serie de sonidos, a veces furiosos, otras no. Se agachó y distribuyó el batallón de huraños mirmidones. Faltaban algunos; algunos se habían quedado enredados en las raíces del hibisco de la señora Sweet, y habían hecho que las raíces se enroscaran, dando vueltas y más vueltas, enredándose con saña, y eso acabaría provocándoles la muerte. Pero el querido y dulce Heracles no lo sabía, cómo podía saberlo, la señora Sweet era su madre, su madre era la esposa del señor Sweet, el señor Sweet era su padre, Heracles era el hijo del señor Sweet. El querido hijo del señor Sweet contempló su batallón de huraños mirmidones, todos ellos tumbados a sus pies y algunos enredados en las raíces del hibisco variedad Lord Baltimore, variedad Anne Arundel, variedad Lady Baltimore, todos ellos crecían en el jardín de la señora Sweet. Las hormigas trepaban por los huraños mirmidones y hacían lo que hacen las hormigas; las abejas entraban volando y salían volando de las flores cargadas de polen de los hibiscos del jardín de la señora Sweet, y lo mismo hizo un colibrí. Y Heracles recogió los huraños mirmidones y los metió en una gran caja negra, y no volvió a tocarlos durante un rato, un largo rato.

3

Un día, al anochecer, nació el joven Heracles, y el señor Sweet, que entonces parecía alto como un joven príncipe de la época Tudor, sonrió a su hijo y le besó las mejillas, y entonces le cortó el cordón umbilical a su joven hijo. Miró al niño recién nacido y temió abrazarlo porque sentía un deseo fortísimo de soltarlo y verlo caer al suelo, su cuerpo intacto excepto la cabeza, el cerebro esparcido por el suelo de la sala de partos que se encontraba en el hospital de una ciudad que no estaba muy lejos de la casa de Shirley Jackson. La señora Sweet, tendida en la cama, con las piernas abiertas, en la misma la posición en que se encontraba cuando el joven Heracles había salido de su útero, pues era de su útero de donde había salido el joven Heracles; todo su cuerpo temblaba del esfuerzo que había supuesto traer al mundo al hijo del señor Sweet, y los miró, a su viejo esposo, a su nuevo hijo, y se quedó dormida de lo cansada que estaba. «¿Cómo proteger mi reino, para poder dárselo, para dejarle una herencia al joven Heracles, que es mi único hijo, de momento?»: no fue lo que pensó el señor Sweet, nada de eso, por supuesto que no. Odiaba tanto al joven Heracles, recién nacido y nuevo y con la piel amarilla, pues había nacido con ictericia, y tenía los ojos muy abiertos y parecía que lo viesen todo, aunque todo todavía no podía entenderlo. Esos ojos, esos ojos, se dijo el señor Sweet, esos ojos nunca verán y por tanto nunca comprenderán los conciertos de Beethoven, ni los de Mozart, ni los de Bach, y en cualquier caso el joven Heracles tenía las manos grandes, lo que hacía pensar que sería torpe, pues unas manos como aquellas jamás sujetarían cómodamente una lira ni se deslizarían por las teclas de un pianoforte ni llevarían una flauta a los labios ni llevarían ningún otro instrumento a los labios ni acariciarían instrumento de ningún tipo; tenía unos grandes dedos que parecían pensados para sujetar una jabalina y un escudo y para hacer pedazos cosas mucho más grandes que él. Eso fue lo que pensó el señor Sweet mientras sostenía a su hijo en brazos; sus manos, sus dedos, eran delicados y parecían notas musicales que ascendían y flotaban libremente sobre hojas de papel en blanco hasta que aterrizaban en un orden que daba como resultado las melodías más hermosas, sobre todo si alguien las silbaba. Pero el señor Sweet no tiró al suelo ni dejó caer al joven Heracles, así que su historia continuó, lo que al señor Sweet le produjo una amargura que tenía un regusto extraño y a la vez familiar, una amargura que había tenido un regusto extraño y a la vez familiar durante siglos: los siglos y siglos de padres que no amaban a sus hijos.

Sin embargo, cortó el cordón umbilical del joven Heracles, esa cuerda de salvamento que une a todos los seres humanos a su madre, y eso siempre es algo digno y adorable, y el recién nacido Heracles había nacido con ictericia, lo que inquietó a su madre porque lo amó de inmediato, nada más verlo. Amaba sus ojos, aquellos ojos que estaban tan abiertos y parecía que vieran todo lo que no podían entender, su pasado era su futuro y él podía verlo aunque no lo entendiera; en fin, ella amaba a su hijito y le daba pena verlo completamente desnudo en un moisés de hospital, bajo unas lámparas, su piel cada vez más amarilla hasta parecer casi una caléndula, eso pensó, y aún se preocupó más cuando se lo acercó a los pechos, dos grandes sacos llenos de leche, y lo abrazó tan fuerte que el crío casi se fundió con su cuerpo, pero no llegó a fundirse; lo que hizo fue crecer adecuadamente, y al final se le pasó la ictericia, pues la ictericia se debía a que el grupo sanguíneo de la madre, cuya sangre había estado circulando alrededor y dentro del cuerpecito del joven Heracles, no era compatible con el grupo sanguíneo del señor Sweet. Esa complicación duró siete días y al octavo le dieron el alta del hospital y lo mandaron a casa con sus padres, el señor y la señora Sweet, que vivían en la casa de Shirley Jackson. No era un día de septiembre, era uno de otro mes, el de junio, y se habían abierto las peonías, unas peonías especiales, con pétalos blancos con una sola raya roja que aparecía al azar en cada pétalo; y también lirios y aguileñas y una rosa llamada Stanley Perpetual.

Fuera de la casa había un arce plateado, grande y viejo, como correspondía a una casa como la casa de Shirley Jackson, y tenía viejas heridas aquí y allá de la cantidad de veces que le habían caído rayos. Fuera también había un manzano, tan enfermo que apenas tenía fuerzas para echar flores y por tanto casi nunca daba frutos; y también había un peral que sí daba frutos pero eran amargos y no se podían comer. La hierba estaba verde y empezaba a crecer con desenfreno, a la espera del primer corte. ¡Aaaaaaah! Eso era un sonido procedente de la casa, un suspiro de exquisita satisfacción, y lo había emitido la señora Sweet. Estaba de pie y encorvada sobre el bebé, su hijo, contemplándolo mientras él yacía de lado, con un bracito bajo una mejillita, el otro bracito plegado y descansando bajo su barbilla, la piel del color de los bebés sanos. Tenía los ojos cerrados.

Oh, el precioso, precioso bebé, eso pensó la señora Sweet y miró a su dulce hijito, que yacía en su cuna, sobre las sábanas que había hecho ella misma solo para él, y llevaba uno de los muchos trajecitos que le había hecho, siguiendo las instrucciones de un libro titulado *La forma correcta de tejer*; había comprado aquel libro en la librería Northshire, en una ciudad que no estaba lejos del pueblo donde vivía con su familia, donde llevaba una feliz existencia con su familia, sobre todo ahora que se había ampliado con la llegada del joven Heracles. El niño simplemente yacía allí, y su pecho subía y bajaba de forma casi imperceptible, su joven corazón, su joven vida, no habían hecho más que comenzar: qué le depararía el destino, pensó su madre, qué crueles sorpresas le tiene reservada la vida, qué injustos trabajos lo esperan, qué difíciles tareas superará, sí, triunfará sobre ellas, pensó su maravillosa madre, que había aprendido sola a hacer punto con un libro y había aprendido sola a cocinar platos que se comían en las diferentes y numerosas regiones de Francia con un libro, que había aprendido sola a cultivar un jardín con un libro, que había aprendido sola a ser, pero eso se lo había enseñado el instinto. Y amaba a su hijito, el bebé, como si fuese un primogénito, aunque no lo era, y amaba a su primogénita, a su hija primogénita, es decir, a Perséfone, del mismo modo que amaba a Heracles, pero el señor Sweet mantenía a Perséfone alejada de su madre porque creía que la señora Sweet pertenecía a otro mundo, un mundo de mercancías —personas incluidas— que llegaban en barcos; se la quedaba en el estudio, pues era muy importante que estuviera cerca de su lira, era una gran inspiración para él, escribía himnos para que ella los cantara y otras composiciones aptas para voz, solo para ella, y Perséfone las cantaba sumamente bien, era digna de cantar en un teatro, pero el señor Sweet no permitía que nadie más la oyera, y si otros la oían, él los disuadía de pensar que tenía una voz bonita, pues podían llevársela del espacio de encima del garaje de la casa de Shirley Jackson, y el señor Sweet se quedaría solo y se moriría y le daba miedo morirse, aunque ya estaba solo.

Pero... la señora Sweet amaba muchísimo al joven Heracles y contemplarlo eternamente era uno de sus «únicos deseos». Era precioso, pero no en comparación con ninguna otra cosa, era sumamente precioso y el más precioso por sí mismo. Unos pelos gruesos le crecían justo encima de los ojos, lo que le hacía parecer un león; pero entonces tenía unos ojos muy redondos y enormes (ahora, mientras la señora Sweet lo contemplaba, estaba dormido y los mantenía cerrados), lo que le hacía parecer un búho; pero entonces tenía una nariz muy ancha, lo que le hacía parecer un oso imaginario, un osito de peluche, un juguete pensado para calmar a los niños; su boca... oh, su boca era ancha como la del sol, ese sol que se eleva sobre el horizonte conocido por todos y entonces cubre el cielo durante un rato, es decir, un día, y presenciar ese acontecimiento, el sol surgiendo del horizonte y cubriendo la extensión del cielo durante el tiempo que lo hace, es una buena definición de estar vivo; tenía las orejas enormes, los lóbulos parecían una especie rara de flor que se encuentra en un ecosistema único y también una antena parabólica, un instrumento hecho para recibir información de un modo no habitual en otros seres humanos. Mientras la señora Sweet estaba de pie e inclinada sobre él, admirando a su bebé, su joven delicadeza, y viendo características destacadas en sus gloriosas facciones, lloró, y sus lágrimas brotaban y fluían incontroladamente y con tanto caudal que inmediatamente tuvo que recogerlas y sacarlas fuera, creando un estanque en el que ranas, truchas y otros animales vivirían y pondrían huevos. Oh, se dijo, oh, su belleza me ahogará, es muy parecida a la fuerza de algo inmortal: el río de Mahaut de Dominica que la madre de la señora Sweet tenía que cruzar todos los días para ir a la escuela; las montañas cubiertas de árboles que a veces eran de un verde reluciente cuando echaban las hojas nuevas y a veces de un dorado cegador cuando se les secaban las hojas, y que se veían desde cualquier perspectiva, desde dentro o desde fuera de la casa de Shirley Jackson; la luna, como se representa y se ve en un libro titulado *Buenas noches, Luna*, que ella le leía a su primer gran amor, la inmortal, profundamente armoniosa y bella Perséfone.

Sonó el teléfono; la señora Sweet se estremeció toda ella: su cuerpo, por supuesto, pero también su presencia de ánimo. Quién podía ser: los cobradores; la compañía telefónica llamada Verizon; el operador de televisión por cable que se llamaba de otra manera; Blue Flame, una compañía de gas natural que suministraba energía para cocinar la comida y calentar el agua para el baño cuando los Sweet querían hacer tal cosa; gasoil para calentar la casa; una voz enojada exigiendo el pago de los recibos del préstamo del coche; Paul, que limpia las chimeneas; el señor Pembroke, que limpia el jardín; los Hayden, padre e hijo, que han conseguido que las dos tuberías del baño no goteen en la cocina; una amiga de los Sweet que quiere felicitarlos por el nacimiento del joven Heracles; una amiga de los Sweet que siente especial simpatía por el señor Sweet, pero no busca una aventura amorosa de sexo apasionado, sino que solo es una amiga a la que no le cae bien la señora Sweet y que prefiere al señor Sweet; una amiga que pensaba que estaría bien poder tirar a la señora Sweet desde gran altura y que no se muriera de la caída, sino que solo se quedara lisiada.

Sonó el teléfono: la señora Sweet pensó: Oh, ¿qué pasa y quién es? Y el señor Sweet dijo: Ya contesto yo, pues había oído aquel sonido, mezclado con las notas sostenidas y los bemoles. Camino del teléfono vio al joven Heracles acostado en su cunita y a su madre, de pie, que había estado contemplándolo e imaginándose su futuro y también recordando su futuro, ¡pues el destino de un niño está en la memoria de la madre! El niño héroe dormía en su cuna, sobre unas sábanas confeccionadas por la señora Sweet con sus propias manos, y el señor Sweet recordó que en las noches del crudo invierno, cuando debería haber estado escuchando sus composiciones de fugas y otras lúgubres melodías, ella hacía calceta, hacía calceta, tejía mantas, bordaba sábanas y también pañales, tejía trajecitos y cosas así, y eso era muy irrespetuoso, pues la creación de una cosa es superior a la creación de una persona, ¡eso se decía el señor Sweet! Aquel niño y su madre se convertirían en el título de una canción infantil, pensó el señor Sweet, y tomó nota de ello: la señora Sweet adorando a su hijo e imaginando la futura grandeza de su hijo, sus triunfos, pues un día encestaba la pelota de baloncesto en la canasta, cuando la canasta estaba a kilómetros de distancia, y la pelota de golf en el hoyo, cuando el hoyo estaba a kilómetros de distancia, y lanzaba la bola de béisbol más allá de los límites del campo de béisbol; y el propio campo de béisbol era tan grande como la decimoséptima isla más grande de la tierra. La señora Sweet imaginaba el futuro de su hijo, y esas imágenes eran muy crueles para el señor Sweet. Cuando el señor Sweet vio aquella escena de la madre devota adorando a su joven hijo, que para ella ya era un héroe y que dormía en su cunita, odió a la señora Sweet, y su odio hacia el joven Heracles, nuevo para él, su realidad nueva para él, aumentó; pero su odio era una forma nueva de malestar, eso pensó el señor Sweet. Sea como sea, el señor Sweet odiaba a aquel crío ¡y deseaba que una familia de serpientes apareciera de la nada y lo devorara! Pero eso no llegó a suceder, ni entonces ni nunca. Así que el señor Sweet se marchó enfurruñado, aunque esa es una palabra demasiado insulsa para describir su perturbación, su odio, su confusión, y pensó en una serie de platos que podría servirle a la señora Sweet si supiera cocinar: un suflé de bebé sin nombre; recién nacido hervido sin nombre; una paletilla de Heracles con limón y tomillo; ella lo devoraría todo, porque le encantaba comer, bastaba con fijarse en su cintura en expansión para darse cuenta, en el grosor de sus brazos, en sus párpados, en los lóbulos de sus orejas, en sus tobillos, que parecían las patas de las butacas de los salones de la gente adinerada, que pretendían representar animales domesticados y bien amados; oh, cómo odiaba el señor Sweet a la señora Sweet: parecía algo de comer, pero después odiaba hasta la idea de comer; y veía su grueso y sobrealimentado cuerpo convertido en cadáver, en las montañas de Montana o Vermont o algún sitio parecido, ya sabéis, donde las hojas están tornándose doradas, amarillas y rojas porque están a punto de caer al suelo y convertirse en una metáfora, y las metáforas son el verdadero territorio de los creadores. Pero entonces, como si ella estuviera viendo el ahora, con la misma claridad con que estaba en el presente, la señora Sweet se acordó de su vieja amiga Matt, que era la encargada de una tienda de alimentación donde vendían quesos especiales y jamones especiales y yogures especiales y todo tipo de productos especiales para preparar una buena comida siguiendo la receta de un libro de cocina escrito por Marcella Hazan o Paula Peck o Elizabeth David. Y Matt vivía con alguien llamado Dan o Jim, la señora Sweet no recordaba su nombre exacto entonces, solo que hablaba magníficamente del tiempo, de la atmósfera natural y física en la que todos vivíamos Entonces y vivimos también Ahora. Matt le dio a la señora Sweet una serie de recetas para hacer pan de maíz: la de Edna Lewis, una cocinera descendiente de esclavos de Virginia; la de Nika Hazelton, adaptada por Matt de tal modo que a la señora Sweet ya no le interesara la original, pues ella amaba a Matt, aunque no como amaba al señor Sweet ni al joven Heracles, sino que su amor por Matt era una excepción, la señora Sweet amaba a su amiga. Pero ¿se puede comprender el amor, por sí solo, aislado de todo, o siquiera confiar en él?

Pero sonó el teléfono y el señor Sweet contestó y era alguien de una compañía de suministros —una de tantas del mundo ahora conocido—, alguien de una compañía que suministraba algún componente esencial que hacía del hogar de los Sweet un lugar razonablemente cómodo. El señor Sweet dio una serie de respuestas tranquilizadoras, explicando los retrasos en el pago de forma que nunca aflorara la verdad: que en ese momento los Sweet no podían pagar las facturas; y lo hizo con gran convicción y en cualquier caso su interlocutor se estaba creyendo lo que le decía, y esa convincente falsedad le hizo sentir como un asesino que se ha librado de su castigo; no del castigo por haber asesinado a la señora Sweet ni al joven Heracles, porque él solo deseaba verlos muertos, pero no asesinarlos.

Y eso pasó en aquel momento, los Sweet, el señor y la señora, con sus respectivas posiciones en relación con su joven hijo, desde perspectivas muy diferentes, mientras el crío dormía en su cuna, envuelto en el trajecito que le había confeccionado con amor la señora Sweet, el trajecito que era un escudo que lo protegía de los elementos naturales de los que había que proteger a un recién nacido. Pero el señor Sweet estaba muy contrariado, pues las facturas y otros asuntos cotidianos similares interferían en cómo creía él que el mundo, ya sabéis, el día a día, debía proceder: por ejemplo, cuando tú, o cualquier otra persona, le das al interruptor de la luz, la luz, ya sea la del techo o la de una lámpara de mesa, se enciende; cuando él necesitaba agua caliente para el café (le gustaba el café instantáneo, Maxwell House), solo tenía que encender un fogón y aparecía una llama brillante que calentaba el agua y entonces él se tomaba su bebida y eso era lo primero que hacía todos los días; cuando necesitaba llamar a sus padres, que por entonces estaban en la tumba, cogía el teléfono y marcaba su número: quién tenía que pagarlo todo, quién tenía que pagar incluso por vivir, esa era una pregunta que preocupaba mucho a la señora Sweet, y por qué el señor Sweet no la conocía, por qué no sabía quién era ella realmente, por qué no sabía que era un virus, el resfriado que te dejaba fuera de combate en verano.

La odio, pensó el señor Sweet, pero ella salió ondeando hacia él con un largo camisón blanco que se había comprado en la tienda de Laura Ashley de la calle Cincuenta y siete entre la Quinta Avenida y Madison Avenue de Nueva York; con lo que costaba aquella prenda podría haber pagado un mes de llamadas telefónicas a sus familiares, que vivían lejos, o los medicamentos de todo un día para mantener viva durante semanas a una persona que estuviera muriendo de sida, o la tarifa de los copistas que copiaban la complicada maraña de notas que el señor Sweet llamaba música. Aquel camisón, de tela muy fina, pues estaba hecho con algodón egipcio, tan romántico en la imaginación de la persona que lo hizo y que después falleció al caerse por una escalera, podía transformarse fácilmente en una soga; pero ¿cómo hacer que la señora Sweet se la pasara por la cabeza? El señor Sweet entró en la habitación, bajó la mirada sobre el pequeño Heracles y le dio un beso a su esposa. Ver el Ahora Entonces, Ver el Entonces Ahora, simplemente ver algo, especialmente el presente, significaba estar siempre dentro del gran mundo del desastre, de la catástrofe, y también de la dicha y la felicidad, pero estas dos últimas cosas no se tienen en cuenta en la historia, quedaban y quedan relegadas a la memoria personal. Y ella miró otra vez a su hijo, que dormía en su cuna, y sin ningún orden concreto y también todos a la vez estos pensamientos y los sentimientos que los acompañaban la abrumaron. La episiotomía, una herida necesaria practicada por la médica (se llamaba Barbara) encargada del parto seguro del joven Heracles, le produjo mucho dolor a la señora Sweet, un dolor que jamás había imaginado, pero debería haberlo recordado porque le habían practicado aquel mismo corte en la vagina cuando estaba dando a luz a la hermana del niño, pero aquel tipo de dolor, aquel tipo de dolor en particular, hay otra persona viviendo cómodamente en tu interior y entonces, al cabo de un tiempo, empuja para salir al mundo, y al hacerlo desgarra tu cuerpo, y tú la amarás más de lo que nadie la amará; ese dolor, un dolor muy intenso, que a veces tenía textura: rugosa, ondulante, afilada, punzante, intermitente, y entonces plana y fría y constante.

Las cortinas estaban corridas y sin embargo a través de ellas la señora Sweet veía la luz en la Casa Amarilla, una casa pintada de un amarillo muy claro y muy puro, un amarillo que la señora Sweet había visto una vez en Finlandia y en Estonia, lugares que no se hallaban nada cerca del ecuador; en la Casa Amarilla vivía una familia, una madre, un padre y seis hijos y los seis hijos estaban maravillosamente bien adaptados a la vida tal como era, eran tan educados, tan obedientes, tan amables (había cuatro niñas y dos niños y los niños jamás habían ahogado ningún hámster solo para ver qué pasaba ni le habían cortado los bigotes a ningún gato y entonces lo habían dejado solo en el bosque para ver qué pasaba), que la señora Sweet deseaba que su familia —el señor Sweet, Perséfone, el joven Heracles— fuera como los niños de la familia que vivía en la Casa Amarilla y que se apellidaba Arctic. Hasta que tuvo trece años la señora Sweet mojaba la cama todas las noches y por eso le daba miedo dormirse incluso ahora, este ahora, y por eso cuenta ovejas imaginarias mientras intenta quedarse dormida todas las noches y no puede y por eso se toma una cápsula de Restoril. Todos los años, por Halloween, el señor Arctic se transformaba en una mujer muy atractiva, con las piernas depiladas y las axilas también, y ese detalle se veía, porque llevaba medias y vestidos escotados y sin mangas; y llevaba zapatos de tacón muy alto, unos tacones tan altos que a la señora Sweet le daban risa, pensaba que los zapatos con aquella forma eran un tipo de diversión, que incluso cuando quienes los llevaban eran mujeres los llevaban para que todo el que las viera se riera, no abiertamente, ni en secreto, ni una cosa ni otra, sino solo para reír por reír. Pero todos los años, por Halloween, el señor Arctic se disfrazaba con un vestido y una bonita peluca y pendientes y pulseras y perlas falsas y medias (a veces de malla, a veces de color carne o no); y a veces, cuando lo veía la señora Sweet, pues eso ocurría año tras año, llevaba mucho tiempo viéndolo, y esta vez, año tras año, mucho tiempo es cinco años, lo que para la señora Sweet era una eternidad, se dijo: ¿Cómo lo hace? ¿Qué piensa su esposa? ¿Les gusta a sus hijos, a los seis, cuatro niñas y dos niños, ver a su padre, tan inusual en nuestro pequeño mundo confinado y definido por la presencia de la casa de Shirley Jackson, vestido de mujer y pareciendo una mujer más guapa de lo que pueden llegar a ser muchas mujeres guapas, y pidiéndonos a todos que no encontremos en ello nada más que deleite, deleite y más deleite? Y todos los años, después de que el señor Arctic y el señor Sweet acabaran de llevar a los niños a pasar por las casas, la señora Sweet se sentaba con el señor

Arctic a la mesa del comedor y bebían ron Cavalier servido en unos vasitos.

Cada mañana es la mañana siguiente de la noche anterior: y la noche anterior es Ahora y Entonces al mismo tiempo es la mañana después de la noche anterior: el joven Heracles berreando, como si quisiera despertar al mundo entero, y la señora Sweet tenía que darle leche de aquellos sacos pegados a su pecho y él bebía de ella como si fuese la propia tierra en la que desde hacía tres o siete o diez años no caía ni una gota de lluvia.

Y todo ese tiempo, durante el nacimiento y luego la infancia del joven Heracles, el señor Sweet se había quedado dormido, sin hacerle ningún caso a su esposa con su bonito camisón, y había dormido sin oír los débiles llantos del bebé, aunque cualquier transeúnte habría podido percibir aquel llanto que provenía de la garganta de un ejército de asesinos, dispuestos a matar o que los mataran; dormía apaciblemente, satisfecho, en un estado de sueño que cualquier científico estudioso del sueño declararía ideal, perfecto, un estado de sueño digno de prescribirse universalmente. Y dormía toda la noche, completamente satisfecho en el mundo del sueño, soñando con un universo en el que todo ser consciente era un triunfo y lo único que imaginaban era lo único que sería; y había armonía en todo tipo de cuestiones: físicas, emocionales, mentales; y en ese universo, la señora Sweet amaba a su esposo hasta el fin de los tiempos y el tiempo jamás acabaría. Junto a ella estaba aquel cuerpo del tamaño de un joven príncipe Tudor, enterrado bajo sábanas blancas de algodón compradas en algún sitio y una manta y un edredón, todo aquello encima de él de forma que parecía una reliquia sagrada viviente, un sarcófago ignorado por el mundo, el mundo donde ella vivía en la casa de Shirley Jackson y más allá, ignorado por los Arctic, y por los Elwell, y por los Jenning, cuyo hijo psicológicamente desequilibrado ahogó a su perro en orina recogida de diferentes sitios, y por los Pembroke, que enviaban a sus empleados a cortar el césped; y por los Atlas, que vivían en una casa cerca del río Walloomsac; y por los Woolmington, a quienes la señora Sweet amaba, pues su mera existencia bastaba para alegrarle la vida; y por los Joseph, que iban a cazar cuando llegaba la temporada de caza y regresaban con un ciervo muerto y entonces, después de quitarle la piel, lo colgaban en la puerta del granero, para exponerlo a la adoración comunitaria; y esa escena de caza admitía a Homer Ahora y Entonces, entonces había dos ancianas que vendían periódicos, o eso decían, pero también vendían una serie de revistas, con diferentes títulos, dedicadas a las motos, y las ilustraciones que acompañaban los artículos eran muchas fotografías de mujeres desnudas, colocadas en poses que inducían a cualquiera el deseo de mantener relaciones sexuales con ellas; y luego estaban los otros, familias que experimentaban felicidad y desesperación, pero entonces, justo entonces. Al amanecer, la señora Sweet se levantaba de la cama, y miraba alrededor y en realidad no veía nada, o veía la cama en la que estaba acostada, y a su esposo a su lado, y el sol a punto de derramarse en exceso en el día, y no se oían llantos de hambre ni de ninguna otra necesidad esencial del recién nacido Heracles; los pájaros cantaban y los murciélagos, cuyos gráciles aleteos por el aire desconocido y por tanto inmaterial asustaban a la señora Sweet, regresaban a donde fuera que se escondían durante el día; el rumor de los coches con pasajeros que se dirigían a algún destino incluido en el mundo de los Sweet y sus conocidos, o la gente de la que dependían, era muy intenso y luego se alejaba como el sonido que salía de un instrumento de viento, tan elaborado que la base se apoyaba en el suelo y la persona que lo tocaba tenía que sentarse en una silla sólida; la señora Sweet quería prepararse una taza de café, pero le habían advertido que un ingrediente esencial de esa deliciosa bebida podía perjudicar el crecimiento del recién nacido si pasaba a la leche materna, así que se preparó una taza de té con hojas de menta que había recogido de una mata de menta imposible de erradicar y las dejó reposar en el agua calentada en un frágil hervidor de agua que ella y el señor Sweet habían comprado en el Kmart, y se bebió el té cuando le pareció que era un buen momento para hacerlo.

Oh, qué mañana, la primera mañana que la señora Sweet despertó antes que el pequeño Heracles con su llanto furioso, declarando su hambre, la incomodidad que le producía el pañal mojado, la propia irritación de ser nuevo en el mundo; los rayos de sol caían sobre los justos y los injustos, los bellos y los feos, y hacía que se evaporara el inocente rocío; el sol, el rocío, la pequeña cascada que había junto al parque de bomberos del pueblo, que emitía un fragor, aunque en realidad era la imitación del fragor de una cascada auténtica; el olor de unas flores, débil, como si sus pétalos se hubiesen abierto por primera vez: ¡oh, qué mañana! Un momento para reflexionar, para recordar el pasado, aquella forma de ver el Entonces Ahora: una tarde de invierno, mediados de febrero, y la señora Sweet todavía no era la señora Sweet, aunque ella y el señor Sweet ya estaban casados, ella todavía era joven y tenía una personalidad que todavía no era la de la señora Sweet; llevaba una ropa rara, vestidos que habían estado de moda años atrás entre las amas de casa que vivían en aquella región llamada las Grandes Llanuras y que confeccionaban ellas mismas con patrones que encargaban y recibían por correo. La señora Sweet encontraba esas prendas en tiendas que se llamaban Enid's, Harriet Love, tiendas donde vendían ropa usada que había estado de moda tiempo atrás, y también otras cosas: una lámpara, una silla, un escritorio, una máquina de escribir, vasos de agua y tazas de café, cazos de hierro, una mesa con el tablero hecho con gruesas capas de esmalte blanco y cocido, y muchas más cosas, todas útiles, y todas habían sido utilizadas por otras personas que estaban vivas no hacía mucho, objetos de segunda mano, o de tercera mano, numerosas manos desconocidas las habían reclamado antes; sí, todo eso con lo que la señora Sweet convivía en su Entonces había tenido un Entonces antes de ella; ahora sonrió, no para sí, sino abiertamente, y sus labios anchos y carnosos se dilataron en su cara, y ver esos labios era ver una definición de gozo o una imagen de la felicidad o de una persona disfrutando enormemente; y una tarde de un invierno que se le había aparecido de forma inesperada a la señora Sweet por la mañana temprano —Entonces, Ahora— le hizo recordar el color de la luz del sol que iluminaba las paredes de hormigón de un edificio vacío que ella veía sentada a su escritorio usado, en su silla usada, delante de su máquina de escribir usada y tratando de ver un Entonces —porque siempre hay un Entonces que se puede ver Ahora—, la luz era de un malva claro (aunque para ella el malva era un morado claro), como una piedra semipreciosa (amatista), como un campo de lavanda (*L. officinalis*) sin cosechar... y en aquel tiempo, entonces, la señora Sweet se disolvió en una dulce tristeza, pues no encontraba más símiles para describir la luz que se proyectaba en la pared del edificio vacío y se sentó y escribió un relato sobre su infancia y no le ocupó más de tres páginas, pues entonces solo soportaba recordar su infancia durante un tiempo y un espacio breves.

Pero aquella mañana fue solo el comienzo de aquel día, y tras observar el ajetreo para llegar a sus destinos de tantas personas que hacían que su vida transcurriera con placidez (no sin dificultades), y tras experimentar un instante de Entonces, Ahora (el recuerdo de ser joven y vivir en Nueva York, en el número 284 de Hudson Street, recién casada con el señor Sweet, enamorada de él y de todo su saber, porque él entendía muy bien las numerosas teorías, las teorías que conformaban su Ahora). Y entonces el adorable, estridente, aterrador e irritante llanto del joven Heracles llegó a sus oídos, no con un movimiento ondulante, sino como el golpe de un rayo lanzado por algún dios, entonces apareció el señor Sweet y le preguntó a su esposa si podía prepararle para desayunar sus tostadas Chernobyl (le gustaban bien quemadas), un cuenco de Cheerios con melocotón en almíbar y una taza de café instantáneo Maxwell House con leche descremada. El bebé, le dijo la señora Sweet al señor Sweet. ¿Qué bebé?, preguntó él, y entonces dijo, Ah, sí, pobre Heracles, esta noche he soñado con él, y la señora Sweet corrió al piso de arriba de la casa de Shirley Jackson y entró en la habitación donde yacía el joven Heracles en su cunita, y lo cogió en brazos y lo abrazó contra su pecho, donde tenía los rebosantes sacos de leche. El crío bebió de ellos con una ferocidad solo posible en las fábulas, bebió de ellos como si el futuro de alguna gran civilización todavía desconocida dependiera de ese acto, bebió como si supiera que había un Entonces y un Ahora, y un Ahora del que surgiría un Entonces, pues el tiempo escapaba por completo a la comprensión humana. Y la señora Sweet estaba agotada, exhausta, menguada, pero amaba infinitamente al joven Heracles mientras lo contemplaba y él no sabía que su vida dependía de ella.

4

Salve, joven Heracles, dijo la señora Sweet para sí, y entonces lo repitió susurrándoselo al oído a su precioso hijo (pues eso era, su precioso hijo), y lo cogió en brazos y lo besó y entonces lo lanzó al aire y lo atrapó con firmeza y lo sostuvo en alto y lo miró a los ojos y ambos rieron. Entonces la señora Sweet se vio reflejada en los ojos del crío: era casi tan grande como una caseta mediana de jardín, eso se dijo, aunque el señor Sweet le había dicho que se parecía al actor Charles Laughton cuando había interpretado al capitán de un barco que zarpaba de un puerto del Pacífico Sur con un cargamento de plantones y cuya tripulación se amotinaba. La señora Sweet conocía muy bien la película, pues el cargamento del barco cuya tripulación se amotinaba era de frutipanes, uno de los ingredientes básicos de la dieta de la señora Sweet de niña, y un ingrediente básico de la dieta de los niños de varias generaciones anteriores a la suya, niños todos ellos que odiaban esos frutos. Entonces, cuando ella era niña, estaba muy flaca y su madre, pues no tenía padre, se preocupaba mucho por ella. Su madre, convencida de que el hígado de vaca crudo fortalecería a su hija, la señora Sweet, se lo pedía a un carnicero del que se había hecho amiga en el mercado de la carne; su madre rallaba zanahorias con un rallador fabricado por un viejo portugués, un hombre que hacía cosas así, y también soldaba latas viejas y hacía con ellas cacharros para la casa: tazas, cazos, orinales y cosas así; y prensaba el zumo de las zanahorias ralladas y se lo daba a beber a la niña, que todavía no era la señora Sweet. Así que, cuando tras el nacimiento del joven Heracles el señor Sweet comparaba el cuerpo de su esposa con el del capitán de aquel barco horrible, a la señora Sweet le daban ganas de llorar, pero entonces el señor Sweet se reía del comentario que había hecho, muchas veces creía que acababa de decir la cosa más graciosa que jamás se había dicho en la historia de las cosas graciosas, cuando en realidad no era así, ni entonces ni ahora.

Pero sin importarle nada de todo eso entonces, que era ahora, pues Ahora será Entonces y Entonces es este mismo momento: la señora Sweet abrazó con fuerza al joven Heracles y le besó la coronilla y entonces las mejillas y los labios y los ojos (él los cerró al ver acercarse tanto sus labios) y las orejas y entonces su barbillita rechoncha y su cuello y entonces el pecho y entonces hundió la cara entera en su barriga y con la boca hizo unos ruidos que parecían ventosidades o el chillido de dolor de un cerdo o la risa de un payaso que habría asustado a los niños a los que se suponía que tenía que divertir. Pero al joven Heracles le encantaba todo aquello, los besos y los ruidos y sobre todo le encantaba cómo olía su madre, pues para él ni se parecía a ni olía como un capitán de barco; le encantaba su cara, que veía suspendida sobre la suya: los ojos negros, oscuros como una noche antes de ser inventada, negros como si esperaran dar sentido a la luz, tan negros que hacían que la propia luz desapareciera para siempre; la nariz como la nariz de un mamífero acuático; las mejillas redondas como la parte superior de un bollo; y los labios y la boca tan grandes como si juntos estuviesen conteniendo una expansión geográfica desconocida. Así era la cara de la señora Sweet según la veía el joven Heracles, que todavía era un bebé que aún no sabía andar, solo sabía sostenerse sentado sin estar rodeado y apuntalado con almohadas y cojines y a veces el gran cuerpo de su madre, así era su cara, la cara que él veía suspendida sobre la suya, y a veces, cuando ella lo sostenía en alto, la cara sobre la que él estaba suspendido. Y él llamaba a su madre señora Sweet, pues le parecía muy dulce, como algo comestible, y luego la llamaba mamá, sabiendo sin saberlo que en su día había bebido la leche de sus pechos, que entonces era lo único que ingería, su única fuente de alimentación.

El joven Heracles pasó por las etapas de gateo, aunque gatear se le daba muy mal, y de intentar levantarse estando sentado, y tras muchos intentos un día lo consiguió; y entonces, poco después, consiguió cruzar la habitación solo, aunque en aquel tiempo, Entonces, no caminaba como nosotros entendemos lo que es caminar, sino que se proyectaba de una punta a otra de la habitación donde estuviera, y cuando alcanzaba el extremo opuesto a aquel desde el que se había lanzado se echaba a reír y a aplaudir de felicidad, pues estaba muy orgulloso de su propio logro. La señora Sweet compartía su júbilo, ¡cómo no iba a compartirlo, con lo que adoraba a su hijo! Cuando, un día, el señor Sweet observó aquel espectáculo, después le preguntó a la señora Sweet si no creía que a lo mejor debían llevar a Heracles a un especialista, pues aquello que hacía de lanzarse de una punta a otra de la habitación no era normal. La señora Sweet dijo: ¡Huuummm!, y entonces se mordió las uñas hasta hacerse sangre, ¿cómo pagarían la elevadísima factura de calefacción de Greene's Oil y la factura de electricidad de Central Vermont Public Service? ¿Cómo iban a vivir? La señora Sweet se hacía esas preguntas y entonces miraba al cielo y de vez en cuando un gran cheque caía del límpido cielo azul y el cheque iba a su nombre; y entonces también, de vez en cuando, el cartero llevaba montones de sobres cerrados y cuando los sobres iban dirigidos a la señora Sweet siempre contenían cheques extendidos a nombre de aquella entidad que se asemejaba a Charles Laughton. El señor Sweet miraba también al cielo y veía a través de su azul impoluto los sobres blancos que descendían hasta la tierra, y todos los sobres iban dirigidos a la señora Sweet; el señor Sweet interceptaba al cartero cuando este se disponía a depositar todo el correo de los Sweet en su buzón y todos los sobres iban dirigidos a la señora Sweet y algunos contenían cheques extendidos a nombre de la señora Sweet. Toma, es todo para ti, decía el señor Sweet, y soltaba el contenido del buzón encima de la mesa del comedor, sin importarle cómo caía ni en qué orden quedaban los sobres, y se decía para sí: «Es una asquerosa», pero la señora Sweet nunca lo oía, pues él lo decía para sí, decía tantas cosas para sí y solo para sí, solo para sí, y solo él se oía decir esas cosas.

Heracles pronto aprendió a andar bien, poniendo un pie delante del otro, no en paralelo, de forma que pudiese mantener el equilibrio, ¡y a medida que lo hacía soltaba grandes carcajadas y otras exclamaciones de felicidad! E iba de una habitación a otra sin la más mínima inhibición, y eso le procuraba un gran júbilo y exclamaba: «¡He podido, he podido!», y la proclamación de su logro intrigaba a la señora Sweet, pues ¿qué significaba «¡He podido, he podido!», y el triunfo de Heracles, pues se liberó de las fronteras entre la cocina y el comedor y el salón y las puertas que daban al exterior, donde había una calle por la que pasaban coches rumbo a destinos desconocidos y cuyos conductores ignoraban la ocasional presencia del joven Heracles; ese triunfo de Heracles era un gran misterio para la señora Sweet. Pero el señor Sweet observaba los daños producidos cuando aquel crío, que no tenía más de un año, que iba de una habitación a otra en su heroico esfuerzo y veía cómo su fuerte cuerpo lanzaba los muebles por la ventana, arrancaba las cortinas y las hacía pedazos como si fuesen papel de seda, y cómo vomitaba sus verduras a medio digerir por el sofá blanco solo para divertirse, y pensaba: ¡Qué demonios es esto! ¡Qué le pasa a este niño! ¡De dónde demonios ha salido! Pues aquel niño, el joven

Heracles, podía morir si no lo contenían en las habitaciones de la casa de Shirley Jackson, con el jardín que la separaba de la carretera, rural pero muy transitada, y el señor Sweet no deseaba eso: que al joven Heracles lo matara un coche conducido por algún borracho o por algún adolescente al salir Heracles lleno de gozo a la bonita carretera secundaria sin que lo viera su querida madre, la devota señora Sweet; eso no lo había deseado en absoluto. Así que el señor Sweet fue a Ames, unos grandes almacenes donde entonces vendían muchos artículos útiles a unos precios que los Sweet podían permitirse, y compró gran cantidad de protectores para cantos, barreras extensibles que, colocadas entre las jambas de una puerta impedían pasar de una habitación a otra, y también compró candados para los armarios donde se guardaban sustancias peligrosas, en la cocina, el baño y otros lugares apropiados, y esos candados eran tan complicados que solo podía abrirlos una persona adulta. Pero ¡aquí llega el joven Heracles! Pues sus dedos, tan gruesos y que parecían tan torpes, eran tan hábiles que sabían abrir los armarios que contenían los líquidos tóxicos que podía tragarse un niño, y él era tan fuerte que cuando echaba a correr y se lanzaba contra una de aquellas barreras para niños, estas cedían, y el señor Sweet, desesperado, huía de él, de su hijo, pues él era el padre del joven Heracles. Ansiaba verlo muerto, o inmovilizado de forma permanente, no muerto exactamente sino inmovilizado, al joven Heracles y a su esposa, la señora Sweet; ojalá apareciese una gran mano y los detuviera, a la madre y al hijo, pues cómo le encantaba a ella la capacidad del niño de destruir las barreras para niños, y cómo se maravillaba de la habilidad con que sus hábiles dedos abrían los candados a prueba de niños que habían colocado en los armarios y las puertas y en todo lo que constituyera una amenaza para la vida del joven Heracles; qué increíble era para él ahora y entonces ver a su amada señora Sweet —en todo caso, otrora amada, pues debía de haberla amado cuando vivían los dos solos en el número 284 de Hudson Street sin Heracles y sin aquella hija (se llamaba Perséfone), ahora bien escondida en su bolsillo, fuera de la vista de su madre—, esclavizada por un niño, ni siquiera eso, por un mocoso que solo sabía tambalearse por los suelos de una habitación a otra, y desmantelar las barreras que le impedían ir de una habitación a otra, y abrir los armarios que contenían líquidos de limpieza tóxicos y productos parecidos, y si los hubiese bebido se habría muerto. Pero el joven Heracles jamás se bebió ningún producto de limpieza tóxico, ni salió corriendo a la transitada carretera justo cuando un adolescente insensato con un coche deportivo hecho de grafito, regalo de graduación de sus padres, dos personas que eran profesionales y que cobraban un sueldo que les permitía hacerle un regalo así a un chico tan insensato, su hijo, pasaba por allí. Y su madre, su querida señora Sweet, lo amaba más de lo que es imaginable, entonces o ahora.

Oh, y otra vez oh, durante todo ese tiempo, Ahora y Entonces, el señor Sweet había estado componiendo una sinfonía, una obra musical que juntaba muchos modos de sonido diferentes e incluso en conflicto: melodías cantadas por los ocupantes de un claustro en plena Edad Media, sitios donde el sexo estaba prohibido pero aun así se practicaba; restos de *riffs* (una palabra, una idea, *riffs* que la señora Sweet no acababa de entender) tocados al piano por descendientes de esclavos que, sin pretenderlo, se habían encontrado en Nueva Orleans o en un pueblo de Alabama o un pueblo de las orillas del río Mississippi; repitiendo una coda de Mozart y de Bach y de Beethoven (o eso entendía la señora Sweet, pero su comprensión contenía ciertas incomprensiones), y entonces todo ello acababa en una hecatombe de sonidos y melodías y emociones y al oírla el público se levantaría de sus asientos y aplaudiría y lanzaría vítores, pues el público lo componían los amigos del señor y la señora Sweet, que también se hallaban en el mismo aprieto: solo ellos, cada uno de ellos, se aplaudían unos a otros y aplaudían sus estrambóticos proyectos, tratando de retratar el mundo conocido de una forma nueva y con la esperanza de convencer a todos sus habitantes, o al menos a las personas que vivían en la casa de al lado (en el caso de los Sweet, las personas que vivían en aquel pueblecito de Nueva Inglaterra), de que las cosas —las artes en particular— estaban en cambio constante y ese cambio constante era la esencia misma de la vida, y vivir de esa forma era estar en contacto con lo inefable, con lo divino. Y el señor Sweet había trabajado mucho en esa sinfonía, desde antes de que naciera el joven Heracles, cuando la señora Sweet llevaba al joven Heracles en la tripa, un gran coste personal para ella, pues sufría: cuando estaba en el útero, el joven Heracles a menudo se quedaba plácidamente dormido, pero de tal forma que le presionaba a la señora Sweet un nervio mayor que terminaba en la pierna, el nervio ciático; y el señor Sweet trabajaba mucho en su sinfonía de diversos y contradictorios modos de melodía, entonces, ahora, y también en el tiempo en que entonces se convirtió en su ahora —y a él no le importaba la incomodidad que a la señora Sweet le producía llevar al joven Heracles en la tripa, y sus composiciones no le importaban a la gente, ni entonces ni ahora.

¡Cómo le encantaban a la señora Sweet las creaciones de su esposo! Es cierto que cuando él las tocaba al pianoforte, ella no las entendía tal como las entendía el señor Sweet mientras componía esas obras maestras musicales —indescifrables para los retrasados mentales (es decir, cualquier persona incapaz de comprender la teoría de la relatividad, y la señora Sweet era una de ellas), pero portentosas para sus amigos, un mundo compuesto por los amigos del señor Sweet incluso anteriores a que él naciera—, y la señora Sweet amaba tanto al señor Sweet que se había convertido en parte esencial del Entonces de él y la había insertado en su propio Ahora. Las fugas de buguibugui, de *dans la sueur*, para ella eran como el calipso, el *steel band*, el *iron band*, el sonido de dos mujeres peleándose por un hombre al que amaban pero que no las amaba a ellas, en una calle de la capital de una isla, la capital debía tener una catedral. ¡El señor Sweet se convirtió en parte de ella! Como cuando todas las partes de otra persona a la que amamos profundamente se entrelazan con tu propio ser: su corazón con el tuyo, sus labios con los tuyos, sus dedos de pies y manos con los tuyos, su Ahora y su entonces con los tuyos, ¡así es como esa persona y tú hacéis niños! Y entonces, justo entonces, la señora Sweet rompió a llorar, no de pesar sino de alegría por algo que no comprendía, y se hinchó de sentimientos de júbilo y del amor que sentía por el señor Sweet, que estaba solo en su habitacioncita de encima del garaje componiendo música para la lira, una música que nadie quería oír, absolutamente nadie en todo el mundo, ni siquiera aquella maravillosa mujer, pues era música que ella no podía comprender, y si esa música la hubiese compuesto su ejemplar favorito del reino vegetal ella la habría considerado un defecto, y un defecto era un ingrediente necesario de la perfección y también del amor. Pero ella amaba tanto al señor Sweet, el padre de su queridísimo hijo, el joven Heracles, y de su queridísima Perséfone también, un gran hombre que labraba cosas a partir de la nada, que creaba una entidad, un imperio de sonidos; una sinfonía, una fuga, sobre todo una fuga: textura polifónica hecha pedazos, hecha tiras, una conflagración, ¡y entonces tonos armónicos y expandidos y entonces todo envuelto en un procedimiento bien ordenado! ¡PUM! ¡PUM! ¡PUM! Y la señora Sweet estaba de acuerdo con eso, que es como lo habría dicho entonces el joven Heracles, con catorce, quince años, o unos años antes de irse a la universidad: Estoy de acuerdo, con lo que quería decir «sí», ¡solo y simplemente «sí»! Y esa fue la palabra que le vino a la mente a la señora Sweet cuando pensó en las fugas del señor Sweet y en sus sinfonías y en sus presentaciones corales y en la música para piano a cuatro manos y en su música, que no le importaba a nadie, ni siquiera al señor Sweet, que escribía esa música; aunque al mismo tiempo estaba muy orgulloso de sí mismo, muy seguro de sí mismo para ser más exactos, y la duda o el espacio para la duda jamás entraban en su cabeza. Y a la señora Sweet le encantaba pensar que de niño, un niño con la estatura de la época Tudor, el señor Sweet acompañaría a su padre y a su madre a escuchar todas las orquestas y los coros que tocaban y cantaban la música de Johann Sebastian Bach, Amadeus Mozart, César Franck, pues ella había crecido en la época del calipso, con grupos de calipso que se llamaban Lord Executor, Attila the Hun, the Mighty Sparrow, y una *steel band* que se llamaba Hell's Gate.

Así que la señora Sweet amaba a su esposo, a sus dos hijos —Ahora, Entonces—, la niña, a quien el señor Sweet había convertido en su compañera íntima y a la que mantenía escondida de la señora Sweet entre sus notas musicales; el niño, el joven Heracles, que estaba creciendo muy deprisa, y que primero dejó de necesitar pañales, y luego dejó de necesitar calmarse viendo a hombres que manejaban máquinas grandes y ruidosas, y que ya no se emocionaba cuando veía la quitanieves en plena ventisca, y que ya no perdía el equilibrio si andaba demasiado deprisa, y que ya no pronunciaba mal las palabras, y que ya no era un crío, solo un niño, un niño pequeño que crecía deprisa, un niño cuyo cada Ahora se convertía en Entonces, cuyo cada Ahora era un Entonces en potencia. Y los amaba y los amaba y para ella el amor que sentía por ellos era una especie de oxígeno, algo sin lo que ellos habrían muerto.

Pero ahora, con relación a la señora Sweet y el señor Sweet, entonces era eso: a él le molestaba especialmente la voz de ella, sobre todo su sonido, pues a ella le gustaba cantar con la voz aguda de un niño pequeño y ella no era ningún niño pequeño, era una mujer, y su voz parecía la de un niño pequeño; ella no era ninguna soprano, era su esposa, era normal y corriente, como el pescado o la carne o la verdura que tenía en el plato a la hora de la cena, o como el cartero que les llevaba las facturas de las compañías de suministros. La señora Sweet no sabía cantar, nadie pensaba que su voz, cuando de pronto entonaba una canción, fuese un placer, un gozo, algo que anhelar; solo le encantaba a Heracles cuando ella le leía con un sonsonete los libros de *Buenas noches, Luna* o *Harold y el lápiz de color morado* o *No saltes en la cama* y entonces él —Heracles— decía: «Oh, mamá, léemelo otra vez», y cuando ella se lo leía, y antes de que llegara al final él estaba roncando, tan fuerte, con una intensidad tan novedosa para ella, que por dentro se ponía a reír a carcajadas, aunque al observarla solo se la veía sonreír. Pero desde luego no sabía cantar de una forma que hubiese complacido al señor Sweet, un hombre al que, de niño, su padre y su madre habían llevado a salas de conciertos donde escuchaban a personas ejercitadas para cantar de diferentes modos: alto, soprano y todas las otras formas; la señora Sweet cantaba como una lechera, como una muchacha que les cantara a unos animales domesticados, tratando de distraer tanto a los animales como a la niña de la realidad de la situación: ¡la vida, la existencia, la muerte, la cena! Y para el señor Sweet su voz y todo lo que esta contenía, todo lo que le recordaba, todas las cosas del mundo de la música, pues a él lo habían educado para saberlas y comprenderlas, su forma de cantar era una profanación: era como un crimen, sinónimo de un crimen, digno de ser llevado ante la justicia formada por el mundo de la cultura y la civilización, sean lo que sean, pensó la señora Sweet, siempre para sí, pues ella pensaba muchas cosas de ese estilo. El sonido de su voz, mientras le leía al joven Heracles, hacía que el señor Sweet quisiera matarla, coger un hacha (de niño él vivía en un piso y jamás había visto nada parecido a un hacha) y cortarle la cabeza y luego el resto del cuerpo en pedazos, pedazos tan pequeños que un cuervo pudiera devorarlos con placer, sin tener que preocuparse nunca por el tamaño de los bocados que estaba devorando. ¡La voz de la señora Sweet, qué voz! Era tan nauseabunda que su sonido a menudo hacía que al señor Sweet le entraran ganas de vaciar su estómago o de arrancárselo entero, pero evidentemente no podía vivir sin el estómago; su voz, la voz de la señora Sweet, tan llena de amor por todo y por todos a los que amaba, tan repulsiva para el señor Sweet, pues él no la amaba; el sonido de aquella voz le recordaba el sonido de un clavo arañando un cristal; el sonido de una espátula de acero raspando el fondo de una sartén cuando alguien pasaba un huevo frito perfecto a un plato de desayuno; y con aquella voz a ella le gustaba cantar «Beauty's only skin deep, yeah, yeah, yeah».

Pero ahora, pues el señor Sweet aún estaba considerando a la señora Sweet, su voz era como un despertador indeseado el lunes o el martes por la mañana; un semáforo en rojo en una carretera ininterrumpida, lisa, larga, de curvas agradables entre verdes montañas; su voz era la luz roja, irritante y que interrumpía todo lo que era agradable, como por ejemplo el bienestar del señor Sweet. Era muy insoportable aquella mujer que era su esposa, ahora, después de que el joven Heracles llegara al mundo: sus pechos eran dos sacos llenos de leche y aquella nueva persona, el joven Heracles, consumía su contenido; su torso parecía un árbol viejísimo —un arce plateado— cuyo tronco curiosamente doble fuese lo único que quedara después de una violenta tormenta que hubiese abierto una ancha franja por una ladera, un valle, una pradera, o algo así; los pies, anchos y gruesos, solo le cabían en unas sandalias Birkenstock; la cabeza, y eso volvía a recordarle su voz, pues esta residía en algún lugar dentro de su cabeza —y al pensar en eso, el señor Sweet revisó minuciosamente la cantidad de óperas, u obras de teatro, que se sabía de memoria o conservaba en la memoria—; en cualquier caso, odiaba el sonido de su voz cuando la oía, hablándole a él o leyéndoles un cuento a los niños, y odiaba el sonido de su voz, porque ella no sabía cantar sin desafinar las canciones que le gustaban, especialmente «This Old Heart of Mine», y odiaba el sonido de su voz por razones que no eran en absoluto razonables, el sonido de tiernos trozos de carne de vaca cocinados con primor y atrapados entre sus mandíbulas —ella se estaba comiendo un trozo de bistec y ese era el ruido que hacía al masticar—. Él la amaba, sí, oh, sí, la amaba, y la odiaba, sobre todo odiaba cómo hacía ciertas cosas, pequeñas cosas, cosas necesarias: como levantarse de la cama de madrugada para ir a hacer pis.

Pero le gustaba mucho su compañía, pues él tenía la estatura de un príncipe de la época Tudor y la capacidad de contemplar al resto del mundo como si existiera para satisfacer sus intereses o para ser vulnerable a sus intereses, y todos sus intereses le pertenecían a él; sí, sí, en su imaginación la amaba y le gustaba su manera de ponerse frutas y hortalizas como si fueran ropa, y que cruzara la calle aunque vinieran coches, convencida de que pararían antes de convertir su hermosa forma humana en una especie de puré, una masa inerte que sería rápidamente olvidada; y que las cosas más simples le parecieran extraordinarias: una vez atrapó cuarenta y seis ratones con unas trampas que había puesto y luego no podía creer que pudiesen existir tantos ejemplares de algo que ella odiaba y temía tanto; y que lo sobrepasara, no físicamente, sino su presencia, su realidad, había llegado de muy lejos, le encantaban las cosas con especias, de pequeña nunca había comido uvas, manzanas ni nectarinas, y amaba y amaba y amaba y el señor Sweet se enamoró de ella por la pasión con que ella podía amar todas las cosas, muchísimas cosas, que realmente constituían su verdadero ser, a pesar de que no había nada en ella que le hiciera a él sopesar su propia existencia, tan sólida, y encontrarla deficiente y decidir que su propia existencia, su vida, cualquier cosa que le perteneciese a él debía ser secundario respecto a ella. Pero la señora Sweet no sabía nada de todo eso, no sabía cómo la imaginación del señor Sweet, su Ahora y su Entonces, sus formas de ver el presente, el pasado y el futuro, influían en la manera en que la veía a ella.

Aquí está ella de nuevo: su pelo, cuyo color natural era el negro, grueso y áspero como las cuerdas que utilizaban los estibadores, cortado tan corto que habrían podido confundirla con un estibador, su pelo del color de las cuerdas nuevas en manos de los estibadores: rubio; las cejas afeitadas y en su lugar una línea dibujada de distintos colores: azul, si le apetecía; verde, si le apetecía; dorado, si le apetecía eso entonces; los labios pintados de rojo, un rojo que pretendía reflejar el color de los fuegos que ardían en uno de los muchos círculos inferiores del infierno; las mejillas embadurnadas con un pringue naranja que era del mismo naranja que los lirios de día, *Hemoracallis fulva*, una flor originaria de China pero que ahora crecía salvaje, sin trabas, sin inhibición, en el noreste de Estados Unidos, una región donde vivían los Sweet ahora, aunque entonces la señora Sweet no la conocía, y que para el señor Sweet era repugnante entonces, ¡y una pesadilla ahora! Pero Entonces: cuando la señora Sweet era joven e ignorante, ella, esa persona encantadora ahora, entonces creía que envejecer era un error que había cometido la persona que había envejecido, creía que todas las personas que habían envejecido habían pasado por una puerta, la puerta equivocada, y que de haber elegido la puerta correcta habrían evitado aquel debilitamiento de la carne y aquel vergonzoso arrugamiento de la piel, y habrían seguido tan lozanas como el día que cumplieron veintiún años o algo por el estilo, y no se habrían convertido en esas cosas crujientes que no paraban de quejarse de sus órganos defectuosos, como te quejas de un coche que rueda y rueda y sube y baja por las carreteras mucho tiempo y el motor necesita algún arreglo, necesita muchos arreglos y el silenciador está roto pero también se puede sustituir y..., bueno, las personas también eran así, algo útil entonces, y ahora ya no, pero las personas no eran como los coches, los coches envejecían de forma natural, pero las personas pasaban por la puerta equivocada: ¡envejecer o no! Cuando la señora Sweet era joven, el no ni se planteaba, como beber agua y no cianuro, y la señora Sweet no alcanzaba a comprender el Ahora y el Ahora otra vez, y entonces estaba en las regiones inferiores de la gramática sagrada. Y su juventud, antes de conocer al príncipe de tamaño Tudor, el señor Sweet, era un carnaval de actividad sexual: todos los hombres a un lado, todas las mujeres al otro lado, vestidos con ropa hecha con pieles de animales —domesticados o no— o completamente desnudos, dando vueltas al son de la música procedente de una fuente de sonido especial o de la música que solo existía en su cabeza; y toda su juventud fue una gigantesca atmósfera de sensaciones, sensaciones y más sensaciones, y su Ahora (que se convierte en

Entonces, como le sucede a todo Ahora en su momento), en el que es la madre de la bien escondida Perséfone y del joven Heracles, e incluso antes, la esposa del señor Sweet, un maestro de la lira, entonces ella no lo conoce; su Ahora es el escrupuloso señor Sweet, un hombre (del tamaño de un príncipe Tudor) que entendía a Wittgenstein y a Einstein y a todos esos personajes. ¡A todos esos personajes!

Pero Entonces: en aquellos tiempos, cuando la señora Sweet era joven y hermosa para él, entonces él llevaba camisas y pantalones y una chaqueta de pana azul marino, y en el bolsillo de la chaqueta de pana azul marino estaba la nota de su padre: la nota en la que le explicaba cómo debía organizar su vida: dos casas, dos esposas, dos sofás, dos navajas; pero todavía no había encontrado esa nota. Entonces tocaba el pianoforte en una habitación, él solo, y había un reducido público, entonces el señor Sweet, en todo su esplendor de príncipe Tudor, se sentaba y tocaba música escrita por Ferdinand Morton y Omer Simeon y Baby Dodds y Wolfgang Mozart, y si lo obligaban tocaba la música compuesta por el que sin duda era su favorito, Ígor Stravinsky. Su madre, otra señora Sweet en sí misma, que era tan solícita y estaba tan desinformada como la señora Sweet —la que ahora era la señora Sweet, madre de la bien escondida de ella Perséfone y del joven Heracles—, adoraba su actuación y dirigía el aplauso de familiares y amigos, y todos le hacían reverencias, y algunos hasta besaban el suelo. El señor Sweet tenía entonces diez años y los tendría el resto de su vida, diez años, siempre en aquel momento ahora, en aquella habitación donde tocaba la música de Ferdinand Morton y a veces la de su querido W. A. Mozart, pero ¿cómo podía saber eso la señora Sweet cuando se enamoró del joven que se comportaba como si fuera un joven príncipe Tudor, cómo iba a saber que a los treinta años, a los cuarenta años, a los cincuenta años, a los sesenta años, a los setenta años, a la edad de Matusalén ahora, viviría en el mundo tal como era entonces, igual que cuando tenía diez?

La señora Sweet respiraba hondo, entonces y ahora, y se lanzaba a la oscuridad, pues vivir en cualquier Ahora y cualquier Entonces (siempre son lo mismo) es hacer justo eso, lanzarse a la oscuridad, poniendo un pie delante del otro, y confiaba en que sus pies encontrasen terreno sólido, por no decir fructífero, ya fuese real o metafóricamente hablando. De joven, había sido como una flor hallada en las densas junglas de las Américas: una dalia negra, una caléndula marrón, una zinnia verdemar; cuando era joven, el mundo no era su ostra, no la encerraba como si fuese su ostra, proporcionándole un espacio para que se convirtiera en perla; cuando era joven, más joven que el joven Heracles, su miedo a la muerte la mantenía viva.

Lánzate o alegra esa cara: eso le decía a su hija la madre de la señora Sweet cuando esta era niña, una niña alta y delgada, un saco de huesos, y le daban miedo las niñas más corpulentas y sobre todo los niños más corpulentos, y le daban tanto miedo que ni siquiera podía pasar a su lado por la calle; y antes de eso, cuando le daban miedo las vacas, sin ningún motivo, solo porque eran vacas y tenían cuernos, así que le daban miedo y le era imposible pasar junto a un prado donde esos animales estuvieran cercados y atados a estacas de hierro clavadas en el suelo: lánzate, pon un pie delante del otro, endereza la espalda y los hombros y todo lo demás susceptible de encorvarse, alegra esa cara y sigue adelante, y así todo obstáculo, ya sea físico o solo imaginario, cae boca abajo en señal de obediencia y absolutamente derrotado, pues lanzándose y alegrando la cara siempre se vence la adversidad, eso le decía su madre a la señora Sweet cuando ella era una niña delgada de cuerpo y alma, y le causaba a su madre mucho dolor y una gran pena, pues su hija —la joven señora Sweet— tendría que haber grabado a fuego en su propio ser los tópicos de los victoriosos.

Así que: lánzate, alegra esa cara, aspira a un resultado triunfante, la muerte siempre es superior al fracaso, la muerte a veces es un triunfo, y todo eso componía el líquido amniótico en el que vivía la señora Sweet cuando era pequeña: así fue como la señora Sweet aprendió a conducir, aprendió a amar las crudas realidades de su vida con el señor Sweet (él nunca la amó, ni entonces ni ahora, ella lo aceptaba, ahora entonces y otra vez ahora), consiguió un préstamo del banco para comprar la casa de Shirley Jackson, la casa en la que vivían, y era una casa bonita, con vistas de montañas y cascadas y praderas y flores autóctonas del paisaje de Nueva Inglaterra, y granjas que cultivaban alimento especialmente delicioso para los animales que luego serían sacrificados y comidos por alguien a quien los animales sacrificados conocían muy bien, amigos del señor y la señora Sweet y sus hijos: el joven Heracles y la escondida Perséfone; a lo lejos, la señora Sweet veía a la hermosa señora Burley —su largo cabello rubio recogido en una trenza que, silenciosa, le caía silenciosamente en cascada por la espalda y le llegaba hasta justo debajo de los omóplatos—, una joven quesera que ordeñaba sus vacas y sus cabras, y con esa leche hacía quesos únicos y un yogur delicioso que la señora Sweet compraba y que el resto de su familia odiaba: el señor Sweet porque odiaba todo lo que tuviera que ver con la señora Sweet, sobre todo sus entusiasmos, que eran los siguientes: cultivar especies de flores raras a partir de semillas que había ido a buscar a las latitudes templadas de Asia, cocinar y hacer calceta, sobre todo aquella calceta infernal. ¡Oh, mamá! ¡Oh, mamá! Eso decía el joven Heracles. Y el amor y el desprecio y la indiferencia que le llegaba a la señora Sweet de su adorado Heracles parecía de inmediato tan natural como una dulce y fresca brisa que de forma inesperada cambia el estado de ánimo de un grupo de personas que están justificadamente enojadas, ¡un grupo de personas cuyas necesidades y expectativas están satisfechas y que sin embargo todavía buscan la felicidad! Por esa época (entonces, ahora y otra vez entonces), la señora Sweet ya había enterrado su pasado: en el cemento que compone la memoria, a pesar de que ella sabía muy bien que el cemento se deteriora, se desmorona, y al final revela lo que debía ocultar.

Lánzate, anímate, y eso hacía la señora Sweet mientras recogía del suelo la ropa sucia del señor Sweet y las toallas y las sábanas sucias y la ropa de los niños, blusas de Wet Seal para Perséfone y pantalones de otra tienda cuyo nombre ella no sabía pronunciar, camisetas para el joven Heracles compradas en una tienda llamada Manhattan, aunque se encontraba en una ciudad que estaba muy lejos del lugar conocido como Manhattan, y todas las prendas de ropa y los complementos que podía utilizar una familia estadounidense en apariencia próspera. La señora Sweet lavaba toda la ropa y los complementos en la lavadora (que conocía ahora, pero que no conocía entonces, cuando era aquella niña a la que se podía vencer con facilidad) y la secaba en la secadora y luego doblaba las toallas y las otras cosas, y sacaba la tabla de planchar y planchaba todas las camisas del señor Sweet y también los pantalones, pues lo amaba mucho, y quería que a cualquiera que lo mirara por primera vez le pareciera que acababa de salir de un escaparate de una tienda llamada Amor: digno y merecedor de respeto. Todo eso la cansaba, tanto física como mentalmente: el trabajo en sí, pero también imaginarlo: ropa limpia para sus dos hijos y el señor Sweet, hacer que pareciera que vivían en una mansión de una calle importante de Manhattan, o que él vivía en un pueblo de Nueva Inglaterra con su esposa y su madre, que no tenía ni idea de cómo ser ella misma. Pero para la señora Sweet, con la que él estaba legalmente casado, todo eso era diferente: aquí está ella, lanzándose y también animándose: y andando como en las nubes, sobre algo invisible al ojo humano, y no caía en el olvido ni en ninguna sustancia cuya función fuese enmascarar el olvido, y pasaba de una cosa a la siguiente y a la siguiente y después a la siguiente, y conquistaba cada cosa y cada nada, y seguía adelante a su manera, cuidando de su esposo, ocupándose de sus hijos, contemplando la luna (creciente, mediada o llena) para ver si estaba envuelta en nubes (lluvia al día siguiente, en cualquier caso) y sintiéndose feliz, ¡sea lo que sea lo que signifique eso Entonces y Ahora!

5

La señora Sweet puso fin a todos esos pensamientos, pues la puerta de la habitación contigua a la cocina se abrió de golpe, y la señora Sweet supo de inmediato que era su hijo, el joven Heracles.

El joven Heracles siempre lo sería, entonces, ahora y a continuación, del mismo modo que su hermana, la bella Perséfone, lo sería entonces, ahora y a continuación. Su madre, la señora Sweet, había previsto que sería así. Pero ahora, justo ahora, el joven Heracles abrió de par en par la puerta de la habitación contigua a la cocina, la habitación en la que la señora Sweet guardaba su verdadero yo que nunca había revelado a nadie, ni al señor Sweet, ni a la bella Perséfone, ni al joven Heracles, y ella no sabía que ellos sabían que ella conversaba en secreto con su verdadero yo y que eso les inspiraba sentimientos de diversos tipos: compasión a Heracles, puro odio a Perséfone, furia homicida al señor Sweet. Pero ahora, justo ahora, el joven Heracles le dijo a su madre: «Mamá, mamá, ¿qué haces? Te he estado buscando por todas partes. No estabas en el jardín, no estabas en la cocina, no estabas en la cama leyendo un libro que no te interesa más que a ti. ¿Dónde estabas? ¿Pueden venir Tad, Ted, Tim, Tom y Tut? Queremos jugar a un juego, pero papá dice que mejor que te lo pregunte porque vamos a hacer mucho ruido y él está intentando acabar de componer su concierto para dos pianos para la Troy Orchestra y seguramente haremos mucho ruido porque no sabemos no hacer ruido, yo no sé no hacer ruido, siempre se lo digo a papá, no sé no hacer ruido, no sé estarme quieto, no sé qué hacer, mamá, mamá, ¿me escuchas, me estás escuchando? Ayúdame, mamá, di algo, dime qué está pasando». Oh, cómo lo amaba su madre y pensaba en cuando estaba en su vientre y no se estaba quieto, y en que se pasaba la noche saltando dentro de ella y entonces se estiraba cuan largo era, casi sesenta centímetros en diagonal, y ella veía la marca de su talón y la marca de su puño bajo su piel, como si su piel fuese un trozo de tela vieja y gastada, y entonces quería decirle algo que lo llevara a colocarse en esa postura de los nonatos en el útero que decora las paredes de la sala de espera de los obstetras, y de aquel niño nonato que encaja a la perfección en la zona pélvica ilustrada y se desarrolla hasta convertirse en un bebé sin que lo sepa su huésped, y el huésped y el niño son uno pero no reconocen nada de su inefable intimidad, y esa intimidad es una isla perdida que todavía no ha sido descubierta. Pero así entró Heracles en el propio ser de la señora Sweet, deformando la piel de su vientre, saltando sobre su nervio ciático, rasgando el epitelio de su cérvix por lo que ella tuvo que guardar cama muchos días, preocupada por si algún día llegaría a ver la cara de su hijo, su nariz ancha, sus ojos del color de un mineral que podía hallarse en la rocas metamórficas, sus labios como los de ella, carnosos y sin división, como la noche mezclada con el día, sus grandes pies y manos, su pelo tan grueso y rizado, el peso de su cabeza sobre sus hombros; y entonces nació con ictericia, la sangre de su madre y la sangre de su padre habían estado en guerra dentro de él y esa batalla no había terminado antes de que llegara al mundo; durante días yació en un moisés bajo la intensa luz de unas lámparas fluorescentes y la señora Sweet se quedó a su lado y lo alimentó con el alimento de sus pechos y al octavo día lo dejaron marchar y en sus venas ya solo quedaba la sangre de su madre. Pero la señora Sweet no pensaba en eso en su día a día, solo cuando estaba en su habitacioncita contigua a la cocina, y en lo insoportables que eran todos ellos, el señor Sweet, la bella Perséfone, el joven Heracles, sus exigencias, sus necesidades, sus peticiones, y nadie se compadecía de ella; ¿por qué iban a hacerlo? Ella parecía apañárselas muy bien, encontrar por arte de magia dinero para comprar ordenadores lo bastante potentes para emplear un software capaz de transcribir y copiar composiciones musicales complicadas, o de construir una preciosa casita en el bosque donde el señor Sweet pudiese retirarse del alboroto de aquellos niños y de la presencia de aquella mujer que había llegado en un barco bananero o algo parecido, pues nadie sabía con exactitud cómo había llegado; cuando ella contaba su historia empezaba hablando de su madre, que la odiaba y la había enviado lejos a ganar dinero para ayudar a su familia, y que no tenía padre, y que no se la acusaba de nada, solo la enviaron lejos en un barco que iba y venía transportando distintos cargamentos, a veces humanos, a veces de carácter no humano sino comercial, y allí estaba ella, aquella mujer que era la madre de sus hijos, una mujer originaria de un lugar lejano, un lugar que el señor Sweet jamás podría visitar, pues el señor Sweet no cruzaba la calle, aunque por miedo a que lo acompañara su sombra.

Pero ahora la señora Sweet escuchaba con atención a su dulce hijo, cuya voz era como un instrumento que solo un niño podía o querría tocar, un niño capaz de reunir un ejército de huraños mirmidones, batallones de arqueros y soldados que empuñaban espadas y soldados que lanzaban lanzas, todos ellos salidos del envoltorio de un Happy Meal de McDonald's o Mickey D's o Símbolo de los Arcos Dorados, como decía Heracles pues eso le gustaba; había muchos Happy Meals y por eso había muchos huraños mirmidones. Decía, el joven Heracles, con aquella voz que solo podía oír su madre, una voz tan agradable a sus oídos: Bueno, mi padre es un gilipollas, no sabe nada, no soporta lanzar pelotas y no quiere llevarme al Basketball Hall of Fame de Springfield, Massachusetts, y yo ni siquiera sé dónde está eso, y él no quiere llevarme al Baseball Hall of Fame de Cooperstown y creo que eso sé dónde está, y ¿sabes qué acaba de pasar?, ha llegado y yo sé que ha estado con esas chicas, esas alumnas tan monas que le dicen: Oh, señor Sweet, *Pierrot Lunaire* y *Lulu* y no sé qué más pero hay algo más y él llega a casa después de todo eso y me dice: Joven Heracles, ¿dónde está mi bella esposa?, como si yo no tuviera ni idea del tiempo que lleva poniéndose bien los pantalones de pana que mamá le compró en la tienda de Brooks Brothers de Manchester, unos pantalones muy bonitos, pero que le iban demasiado largos, y cuando ella se los acortó parecía un tipo muy bajito con los pantalones de otra persona, pero así era mi padre, así era papá, parecía otra persona y yo sabía que mi padre era otra persona y yo no quería que fuese nada más que otra persona, pero cuando me preguntó si había visto a su bella esposa le contesté: No, pero si buscas a mamá, está en el jardín. Y supe que iba a reírse: mamá no era bella porque era mi madre; mamá no era bella porque era su esposa; y yo sabía que se reiría porque era una cosa graciosa, yo lo sabía sin más, y sabía que cuando se riera no se fijaría en que yo sabía que él estaba haciendo algo y entonces yo no sabía qué estaba haciendo, no podía decirle: Eh, papá, estás haciendo esto, me odias, odias a tu esposa, no la encuentras guapa, odias esta casa en la que vivimos, odias el jardín, odias que mamá lo haga todo: las cosas importantes como construir un muro enorme alrededor de la casa con unas piedras que pagó para que alguien cargara en un camión de una cantera que está a kilómetros de aquí, en Goshen, Massachusetts, y entonces, justo después de eso, hubo una fuerte discusión en la cena sobre cómo pagar aquello y mamá dijo: Pero esas piedras son de esquisto de mica formado hace cuatrocientos millones de años en el Devónico Inferior y esta piedra metafórica, que ahora tiene tonos de teja, oro, azul, negro y gris y que rodeará nuestra casa y hará que parezca que flote, es el resultado de la sedimentación de barro arenoso sobre el fondo de un antiguo mar, y papá no dijo nada más y siguió comiéndose la cena, y mamá había preparado ternera cocida con salsa de atún y arroz a la italiana con albahaca picada y mozzarella y una ensalada, y papá odiaba a mamá, y entonces ella estaba engordando, me había enseñado a prepararle un martini y se sentaba en el jardín a última hora del día, en medio de todas aquellas flores que Wayne y Joe le habían regalado, unas flores que decían que quedaban preciosas en su jardín pero que quedaban feísimas en el jardín de mamá, se extendían por todas partes como malas hierbas, como si no les hubiesen dado instrucciones sobre cómo crecer en otro sitio que no fuese Readsboro, en Vermont, y papá se alegraba de ver la frustración de mamá y yo también, sobre todo yo también, porque yo quería que ella fuese mamá y no quería tener que ir a Clearbrook Farm a comprarle un pack de seis celosías para el día de la Madre, justo después de que papá la dejara porque se había enamorado locamente de una mujer más joven que mamá, una mujer que según él le hacía entender su verdadera naturaleza.

¿Es mamá un error?, y si lo es, ¿qué debo hacer con ella, borrarla como cuando estoy en la escuela y no escribo muy bien las letras? ¿Es mamá una equivocación y puedo corregirla? ¿Es mamá un desastre, como cuando el viento sopla demasiado fuerte, o como cuando llueve demasiado, o como cuando no llueve nada durante años y años? ¿Es mamá una catástrofe? Cielo santo, y esa era la voz de la señora Sweet, haciendo trizas el aire, si es que eso es posible, y echó a correr por el césped que acababa de cortar el señor Pembroke o alguien que trabajaba para él, y estiró los brazos, ya de por sí inusualmente largos, como si fuese un Transformer, uno de esos robots que todavía no formaban parte de la vida cotidiana del joven Heracles, y lo apartó del camino de un vehículo que pasaba a toda velocidad, un Nissan deportivo rojo conducido por un chico, un alumno de bachillerato del Instituto Mount Anthony Union, un miembro de un equipo de deporte donde la velocidad se valoraba mucho, un chico cuya madre trabajaba en una fábrica no lejos de allí, donde fabricaban tela a partir de barriles de petróleo que, cosida, podía convertirse en cosas para ponerse o donde sentarse o para contener alimentos de modo que una persona que los ingiriera pensara en la palabra *fresco*, pero solo la palabra *fresco* sería realmente fresca, y en ese momento el joven Heracles fue apartado de las puertas de la muerte, y su madre, la encantadora y tan despreciada señora Sweet, que de vez en cuando podía ser despreciable y sencillamente horrorosa, lo abrazó con fuerza y deseó que aquel chico, el conductor del coche, tuviese una muerte horrible, y después, cuando el chico murió y no a causa de nada relacionado con aquel veloz coche deportivo rojo hecho de fibra de vidrio sino de una inesperada ruptura de una arteria de la cabeza, la querida señora Sweet lloró por su madre, no por él, sino por la madre del chico.

Y aquellas lágrimas que derramó fueron tantas, tantas, tantas que quizá fuesen el principio de un mar que con el tiempo tal vez llegase a ser antiguo, pero entonces, ahora mismo, las absorbió la pechera del pantalón de peto que se había comprado en Gap o a través del catálogo de Smith & Hawken, depende, y las lágrimas que tal vez originarían el mar que con el tiempo tal vez se convertiría en antiguo siguieron siendo solo lágrimas, y la señora Sweet apretó al joven Heracles contra su pecho y se alegró sobremanera de haber evitado justo entonces la cara del dolor y la inmediatez del dolor y también de haber evitado intimar con aquella espantosa entidad, con aquel mundo: el dolor; y aquellas lágrimas que lloró entonces y ahora, el Ahora algo constante e inmutable y que tiende a burlarse de cuanto se empeña en ser querido permanentemente, el Entonces como la superficie de la tierra con su corteza aparentemente fija y estable para todos quienes necesiten que así sea, aquellas lágrimas las absorbió la prenda de su madre y también estaban en el gran mundo del agua y en todo lo que pudiese ser vulnerable a esta.

Aun así, allí estaba el joven Heracles, salvado de la muerte a manos de un chico que no escuchaba a su madre cuando ella lo advertía sobre los peligros del mundo, el chico que de todas formas habría muerto a los diecinueve años, aunque hubiese escuchado a su madre, por culpa de un inesperado fallo de su cuerpo; y aquella madre había amado a aquel chico y habría entrado en el cuerpo de su hijo para repararlo y hacer que su vida fuese larga, una vida que continuase tras haber cesado la suya, pues podía imaginarse ausente del mundo de él pero no podía imaginarlo a él ausente del suyo, ni ahora ni entonces. La señora Sweet veía todo eso, de pie junto a un parterre de lechugas que pronto florecerían, y Shep, que a veces la ayudaba a trasplantar árboles ya adultos de un sitio a otro, estaba hablando con ella ahora, y mientras le veía mover los labios, ella oía solo su propia voz: ¿Dónde están los Oberley? Pues Shep tiene este año una cosecha espectacular de judías que todos debemos probar; Gordon le ha hecho a Ann un cauce seco; los amigos de la señora Sweet, Dan y Robert, que viven en Heronswood, en Washington, le han enviado un lote de sus eléboros blancos de flor doble; y entonces, solo entonces, oyó las palabras que movían los labios de Shep: Por cierto, ¿han aparcado a propósito en el bosquecillo de pinos blancos que se ha colocado a propósito en la entrada del estanque?, y justo entonces el umbral de la vida de la señora Sweet desapareció, pues vio el Kuniklos, ni viejo ni nuevo, un coche fabricado en Alemania, un país que había transgredido el pacto humano hasta tal punto que no se podía hablar de él en la intimidad de una cocina ni en la atmósfera indiferente de un restaurante, y el coche se había detenido en la arboleda de pinos blancos, una arboleda que no habían talado porque su presencia en un extenso prado les resultaba agradable a la vista a los propietarios del prado, y los propietarios eran Gordon y Ann. El joven Heracles iba bien atado en su sillita de coche, y la sillita de coche, firmemente sujeta al asiento del medio de la parte trasera del coche, todas ellas precauciones recomendadas por las autoridades dedicadas a la prevención de cierto tipo muy concreto de tragedia y dolor; pero él se había soltado de la sillita de coche y había trepado hasta el asiento del conductor, y había girado la llave en el contacto, pero nunca había visto cómo manejaban los pedales los pies del conductor, así que el coche dio una sacudida hacia delante y luego otra, y luego otra y se detuvo en el bosquecillo de pinos, en lugar de atravesar la superficie del bonito estanque y hundirse en su apestoso fondo, pues el fondo siempre apesta. Y cuando el productor de las judías, Shep, dijo aquellas palabras: Por cierto, ¿han aparcado a propósito tan cerca del estanque?, el señor y la señora Sweet, el padre y la madre del joven Heracles, supieron todo lo que había pasado, cada movimiento, y pensaron en él, lo supieron mientras sucedía, lo supieron antes de que sucediera, pero no sabían el final, y corrieron hacia él sin saber si lo encontrarían vivo o muerto, pero lo encontraron y estaba vivo en el coche, intentando en vano abrir las puertas y salir en busca de nuevas aventuras, que habrían podido ser limpiar los legendarios establos del rey Augías, matar al león de Nemea y hacerse una capa con su piel, un encuentro con el jabalí de Erimanto, aunque quizá todavía no, y quizá nunca, con el policía de la ciudad de Boston que rastrea a sus antepasados irlandeses y cree que el joven Heracles se ha saltado un semáforo en rojo, y por esa época, entonces y ahora, el joven Heracles ya se había convertido en un joven negro, signifique eso lo que signifique, ni siquiera ahora está claro lo que eso significa.

Oh, ahora, oh, entonces, pero veámoslo ahora, vemos al joven Heracles, con la varicela que le ha contagiado su hermana, la bella Perséfone, y su madre, la señora Sweet, la cogió de los dos y no podía respirar bien, pues tenía los pulmones cubiertos de ampollitas aunque aparentemente estuviera intacta; y veámoslo ahora con los otros niños con su pantalón de peto a rayas y su jersey de cuello cisne blanco, con la palabra OshKosh bordada en esas prendas, tan discretamente que no era nada discreto, blandiendo un martillo de juguete, una versión de juguete de cualquier herramienta útil para un carpintero o un fontanero o un granjero, una versión de juguete de un individuo así, pues ni el señor ni la señora Sweet ni ningún otro padre imagina que esos niños se convertirán en la vida real en carpinteros, fontaneros ni granjeros, pero en qué se convertirían aquellos niños no era una pregunta que se formulara entonces, así que no puede responderse ahora; y los niños, es decir, el joven Heracles y la bella Perséfone, querían mucho a su madre y la echaban muchísimo de menos cuando ella salía de casa para hacer algo que a ellos les resultaba incomprensible, leer en voz alta aquellas palabras que había puesto por escrito en aquella horrible habitación contigua a la cocina, la habitación en la que no podían entrar, ni siquiera cogiendo un barco, un avión, o un coche, ni siquiera a pie, no podían llegar a ella cuando estaba en aquella habitación contigua a la cocina, y entonces cuánto la amaban, pero ella estaba separada de ellos y solo existía en el mundo de aquellas frases: «Tengo una maleta muy adecuada en Nueva York, tengo un cochecito muy adecuado en Nueva York» y «Mi madre murió en el momento en que yo nací, y así, durante toda mi vida, no hubo nada que se interpusiera entre yo y la eternidad; a mi espalda había siempre un viento negro y sombrío» y «Hay una cámara en la vida del jardinero que no es un lugar del jardín en absoluto». Oh, mamá, oh, mamá, dónde estás, gritaban el joven Heracles y la bella Perséfone, no a la vez, pues los dos habían perdido a su madre, pero nunca al mismo tiempo, y el joven Heracles la echaba de menos especialmente, y siempre la había echado de menos pues incluso cuando era un bebé y ella lo amamantaba no estaba con él ni nada parecido, y él contemplaba su cara y la miraba con fijeza a los ojos y ella lo miraba a él pero era como si el bebé fuese una fotografía de un bebé mamando del pecho de su madre y hundía sus dientecitos de bebé en el pecho de ella y entonces el pecho solo le ofrecía su piel, pues la leche estaba disminuyendo, y ella quería que así fuese, y la piel de su pecho era como la rueda de un neumático pero entonces él no sabía qué era un neumático, y cuando le mordía, ella se irritaba cada vez más por su presencia, aquella aparición en su vida, se le había olvidado que él era su querido y único hijo, pues entonces él no era más que un animal que le mordía el pecho, como una serpiente o algún otro pequeño invertebrado que simbolizase el gran declive de la humanidad, y ella deseaba que el bebé no le hiciera tanto daño, y el bebé deseaba que su madre lo mirara mientras lo amamantaba; Oh, mamá, oh, mamá, ¿dónde estás?, preguntaban los hijos de la querida señora Sweet, y se lo preguntaban como si ella nunca hubiese sentido también esa necesidad: ¡una mamá! ¡Una madre!

Pero el joven Heracles se recuperó de todas aquellas enfermedades infantiles que habrían podido matar a su madre cuando ella era una niña en aquella agradable entidad bananera donde creció pero a las que ella, sin ninguna explicación conocida, sobrevivió, y ese dato, su supervivencia, podría usarse y a menudo se usaba como epíteto lanzado contra ella, ¡había sobrevivido a enfermedades tropicales y ahora vivía en un clima donde una vulnerabilidad semejante solo aparecía en la literatura digna que a ella le habría gustado escribir, pobre mujer, se decía el esposo! Y todo eso debía dejarse a un lado, pues es entonces, incluso cuando es ahora, y el joven Heracles vadeaba una época en que le recetaron un medicamento que hacía que le salieran bultos del tamaño del puño de un niño pequeño por todo el cuerpo, y el médico le dijo a la señora Sweet que aquello solo le sucedía a una persona entre un millón, y la señora Sweet se quedó tan conmocionada al oír eso que se llevó al joven Heracles a Key West, Florida, y allí conoció a un hombre que escribió cinco libros y en cada libro faltaba una de las vocales.

Pero la fuerza del joven Heracles no paraba de aumentar, aunque no así su sabiduría, porque a veces decían que sufría un déficit de concentración y a veces decían que no era capaz de comprender las diversas formas en que el mundo conocido se le presentaba y a veces decían que padecía un trastorno del humor y que experimentaba malhumores repentinos, pero él solo causaba sufrimiento a los huraños mirmidones, que estaban en fila y preparados para unirse a él en la batalla contra las Tortugas Ninja, y Heracles se turnaba para guiar a esas hordas de guerreros y pelear unos contra otros y quién saliera vencedor de la batalla siempre dependía de a qué bando hubiese apoyado él entonces, justo entonces, justo ahora. Y sus brazos y sus pies se volvieron retráctiles entonces, pero su querida madre no lo descubrió hasta que un día, mientras sembraba un campo de asclepias con las semillas que le había comprado a un misterioso vendedor de semillas llamado Hudson cuya dirección estaba en algún lugar de Los Ángeles, se preguntó cómo podía curar a su querido hijo y vio que los brazos del joven Heracles se alargaban alejándose de su cuerpo, y ascendían, ascendían por el cielo azul y atravesaban algunas nubes blancas, hasta que sus dedos se posaron en una zona sin vegetación, un acantilado liso, que había en la montaña llamada Bald, y empezaron a retirar trocitos del acantilado y a ponérselos en los pies y entonces los lanzaba de una punta a otra del césped, como si fuesen pelotas de golf compradas a peso en la tienda del barrio. Aquella zona sin vegetación de la montaña estaba a kilómetros de distancia y, mientras él alargaba un brazo emitía un dulce silbido y diversas especies de gorrión se posaban en él, y la señora Sweet le oía llamarlos en voz baja: *Spizella pusilia, Pooecetes gramineus, Passerculus sandwichensis, Ammodramus savannarum, Melospiza lincolnii,* y entonces cantaba una serie de melodías que eran exactamente iguales que las melodías de los pájaros, y a la señora Sweet le pareció maravilloso, pues es bien sabido que el pobre niño era incapaz de tararear una canción y su profesor de piano le había pedido que no asistiera más a sus clases, pues además de constituir una presencia perturbadora, no tenía ni pizca de oído, es decir, carecía de la capacidad para imitar y reproducir un si bemol; y su madre, es decir, la querida señora Sweet, le dijo a su hijo: ¿Cómo puedes hacer eso, cómo conoces sus cantos?, y su hijo replicó: Los conozco porque se los he enseñado yo, si saben cantar es porque yo les he enseñado, mamá, les he enseñado yo. Y qué más sabes hacer, dijo ella, no se lo preguntó: qué más sabes hacer, le dijo, y el joven Heracles dijo: sé matar un león y hacerme un abrigo con su piel para ponérmelo cuando vaya a esquiar, y sé matar al monstruo policéfalo de Lerna que podría matarte si lo vieras en un sueño, y sé matar un jabalí, y sé matar las aves del Estínfalo, matarlas a todas, porque no les tengo miedo, y sé limpiar los establos de Augías, y sé capturar el toro de Creta, pero no puedo impedir que papá quiera matarme, es su forma de ser. No puedo impedirme a mí mismo matarlo, voy a matarlo y él nunca lo sabrá porque no puedo permitir que lo sepa, se llevaría un disgusto, ya tiene un disgusto, su disgusto sería tremendo y lo quiero mucho de modo que no quiero que vea eso, pero voy a matarlo, tiene que morir, todos tenemos que morir, ¿verdad, mamá?, ¿verdad, mamá? Oh, mamá, oh, mamá, dijo el joven Heracles, ¿vas a llorar y vas a recordarme que papá se quedó despierto conmigo y juntos vimos jugar a Michael Jordan en el mundial cuando Jordan tenía la gripe, y cuando anotaba una canasta se caía al suelo pero Scottie Pippen corría a ayudarlo y evitaba que se cayera; vas a hacer eso, mamá, vas a decir: Oh, qué homérico era el juego de Scottie y Dennis, y Malone era todo un Héctor y Stockton, todo un Paris: oh, qué homérico era todo, y lo decías una y otra vez hasta que me daban ganas de lanzarte por la borda pero no estábamos en el mar ni nada, solo estábamos en la casa en la que había vivido Shirley Jackson.

Oh, mamá, oh, mamá, decía el joven Heracles, pues así era como le hablaba, repitiendo su nombre, pues para él el nombre de la señora Sweet era mamá: Oh, mamá, oh, mamá: y la señora Sweet se encogía hasta formar una bola, se reducía al tamaño de una pelota de cualquier tipo que uno se encuentra junto al bordillo por casualidad, y se reducía al tamaño de una pelota que uno encuentra en un cesto, uno de tantos, en una tienda llena de tantas cosas que no tienen nada que ver con las pelotas: Oh, mamá, oh, mamá, cuéntame todas las cosas que sucedieron antes de que nacieras, y se reía, y su risa era dorada, como otro valor determinado por el hombre, como si el valor del oro lo determinase la risa del joven Heracles, y la señora Sweet se sentó, o hizo algo parecido, se detuvo por completo, se quedó quieta como una estatua, y miró a su hijo y lo adoró, qué precioso y qué sabio era, pues por entonces él se había negado por completo a tragarse las pastillas blancas de Adderall; Oh, mamá, oh, mamá, cuéntame la historia de la boda esta noche cuando vaya a acostarme en la cama que te regalaron Cadmo y Harmonía, la cama de antes de que Cadmo se cambiara el nombre y era muy divertido cuando salíamos a pedir golosinas y Cadmo iba disfrazado de mujer, pero ahora, justo ahora, es realmente una mujer, pero entonces solo era Cadmo y era muy divertido y venía a la casa de Shirley Jackson a beber ron contigo; oh, mamá, oh, mamá, cuéntame la historia de la boda.

Y la señora Sweet le dijo: No, no, y estaba horrorizada, pues nunca le había contado la historia del señor Sweet ni que se habían conocido en la decimoséptima planta de un edificio de viviendas cuando ella tenía veintisiete años la semana antes de Navidad, y ella siempre había odiado la Navidad de pequeña, porque había crecido cerca del ecuador y la Navidad es una fiesta que entiendes y valoras si vives mucho más al norte del ecuador, y cómo le sorprendió que esa idea, la Navidad, tan especial en su imaginación de niña, estuviese entonces y ahora llena de ansiedad: despedidas y clausuras y otra vez despedidas, y regalos de cosas y besos y luego silencios, grandes silencios, y comida que se comía sin ruido, sin nada, como si la Navidad fuese una muerte, un duelo, un funeral, y luego todos iban a acostarse. Y entonces treinta días después volvimos a encontrarnos y ni siquiera nos acordamos de eso, pues dormimos en la misma cama y fuimos a ver a Twyla Tharp y fuimos a un ensayo de una orquesta que estaba perfeccionando las *Variaciones Goldberg* y que esa noche, más tarde, actuaría con público; fue entonces cuando entendí la Larga Lluvia, un periodo de mi infancia en que los sucesos parecían no tener fin ni principio pero sobre todo no tener fin, pues eran solo ahora, y sólo ahora hablando de ellos se convierten en Entonces, como si el pasado solo se convirtiera en pasado cuando lo vuelves Ahora y la prisa por mi parte por pertenecerle a alguien que conocía el mundo de formas que a mí me eran desconocidas, siendo y no siendo, fue la razón por la que me casé con tu padre. Oh, querido mío, querido joven Heracles, pero no podía gritarte entonces y solo puedo gritarte ahora porque te necesitaba entonces pero ahora no tanto, ahora nunca, siempre solo entonces, dijo la querida señora Sweet, leyéndole al joven Heracles un capítulo de un libro titulado *Ahora y entonces*, en contra de su buen juicio, es decir, sin proponérselo realmente. Y continuó, pues era incapaz de parar, las páginas de aquel libro la conminaban a continuar, no podía apartar los ojos de ellas, su lengua era un ingrediente de aquellas páginas, su propia mente hacía posible la presencia física del libro que sostenía: en aquella época, tu padre, el señor Sweet, era muy buena persona, no ese hombre de pelo canoso, impotente, al que ves ahora avanzando furtivo en el bosque, temeroso de todo, y al que solo le gustan los árboles que la tormenta ha matado; en aquella época solo le daban miedo las calles del Lower Manhattan a primera hora de la mañana o a altas horas de la noche, pues en aquella época en esas calles no había gente, la gente vivía en otros sitios, solo trabajaban en aquellas calles y luego se marchaban a casa; pero nosotros vivíamos en los sitios donde la gente solo trabajaba y tu padre me odiaba por obligarlo a vivir en aquellos sitios pero él todavía no sabía que me odiaba, no sabía que lo que sentía por mí no era amor, sino odio; y yo lo amaba, pues él tenía tantos conocimientos sobre Beethoven y Bach y Shostakóvich y Stravinski y Schönberg y Alban Berg..., pero todavía no estábamos casados, entonces no éramos el señor y la señora Sweet, no nos convertimos en eso hasta que nacisteis tú, el joven Heracles, y la bella Perséfone, antes de eso no éramos nada, solo meras posibilidades de ser el señor y la señora Sweet, sin el nacimiento del joven Heracles y el nacimiento de la bella Perséfone no éramos y por tanto nos convertiríamos: señor y señora Sweet. Oh, Ahora, oh, Entonces, pero antes de entonces ya nos habíamos convertido en el señor y la señora Sweet porque yo vivía en los Estados Unidos de América sin los papeles necesarios y habrían podido devolverme a aquella pequeña isla de la que había salido, una isla tan pequeña que ahora la historia solo la registra como una nota al pie de sucesos mayores y los sucesos mayores son incluso ahora notas al pie, y antes de que tu padre se casara conmigo habrían podido deportarme, le dijo George a Sandy, ya sabes que uno de los dos tendrá que casarse con Jamaica, y todo siguió así hasta que tu padre se casó conmigo y Veronica no asistió a la ceremonia y Sheila nos lanzó arroz, que había comprado en un mercado del norte de Broadway, y a tu tía se le olvidó apagar el fogón con la cafetera encima y tuvo que volver a casa después de la ceremonia y apagar el fogón porque el sitio donde vivían habría podido incendiarse y tu abuelo no podía subir en ascensor y el juez fue muy amable y bajó de su despacho y ofició la boda y entonces tu padre y tu madre fueron marido y mujer y ya no podían repatriar por la fuerza a tu madre a aquella atrasada entidad bananera de la que había salido, eso estaba pensando el señor Sweet aunque no lo dijera, y tu padre y tu madre, para quienes tú, joven Heracles, y la bella Perséfone erais desconocidos como si no fueseis nada y otra vez nada, ni siquiera dignos de una letra mayúscula, nada, respira, haz una pausa aquí, dijo la señora Sweet, y sostuvo el libro y quería apoyárselo en las rodillas, pero no lo hizo.

Oh, mamá, oh, mamá, no dijo el joven Heracles, pues tenía los ojos cerrados, pues no estaba dormido, pues no estaba despierto, pues solo estaba escuchando a su madre leerle un libro antes de quedarse dormido, y eso fue mucho después de *Buenas noches, Luna* y *El conejito andarín* y *No saltar en la cama* y *Harold y el lápiz color morado*, mucho después de todo eso y todos esos libros solo estaban almacenados en la memoria de la señora Sweet porque en aquella época a los niños los tenía cautivos y solo podía consolarlos ella con su sonsonete, con su inimitable sonsonete, como si fuera una locutora de la BBC de las que se escuchaban en las Antillas británicas.

6

Fue muy entrada aquella noche, muy muy entrada aquella noche, faltaban apenas quince minutos para el amanecer, cuando nació la bella Perséfone. Y su nacimiento, su llegada al mundo en la habitación del hospital, con aquellas luces tan intensas y tantos gritos de gente que le ordenaba a la señora Sweet que empujara y empujara para expulsar al bebé de su útero, aquel momento, aquel ahora de la llegada de la bella Perséfone al mundo, hizo desaparecer los meses anteriores a que se convirtiera en el bebé que lloraba al salir de las entrañas de su madre, hizo desaparecer aquella vez que el doctor Fuchs exploró el útero de la señora Sweet y encontró un fibroma, redondo como una fruta, con un grueso tallo que lo anclaba a aquel órgano blando con forma de pera, y el fibroma, una vez extirpado, pesaba cuatrocientos veinticinco gramos y eso fue antes de la vez en que la señora Sweet también se hiciera jardinera así que no podía entender entonces como entendía ahora, no podía entender absolutamente nada, no que aquella cosa que crecía en su útero era profética o una metáfora. Pero aquella vez, justo entonces, antes de nacer Perséfone, y antes de eso, antes de su concepción, el doctor Fuchs extirpó el tumor que tenía el tamaño de un tomate grande del tipo Prudence Purple y el doctor Fuchs llevaba zuecos y se paseaba por la planta de maternidad del Hospital de Nueva York como si esa fuese su función, y le dijo a la señora Sweet, que todavía no lo era, pues solo se convirtió en tal cuando tuvo a sus hijos, le dijo que se quedaría embarazada, y pronto, tres meses más tarde, la señora Sweet se sintió mal y creyó que estaba sufriendo un ataque de ansiedad extraño, así que se tomó varias dosis de medicamentos para reducir la sensación de querer vomitar y la sensación de querer parar las palpitaciones que no producía su corazón en la parte superior de su pecho y entonces un día, era abril, en plena nevada tardía en Londonderry, en Vermont, la mujer que estaba casada con un hombre, que era médico y al que la señora Sweet encontraba muy gracioso, pues tenía un bigotito ridículo y llevaba trajes de tweed y todo eso hacía que pareciera un personaje de un libro de bolsillo de Penguin publicado en Inglaterra en los años cincuenta, fue su esposa quien le dijo a la señora Sweet que no padecía ansiedad ni ninguna enfermedad estacional, le dijo que estaba embarazada, y la señora Sweet entonces cogió el coche y condujo por las carreteras por las que no había pasado la quitanieves, patinando y derrapando, esquivando el estanque al llegar a la curva cerrada que conducía al puente y entró en el apartamento que tenía alquilado encima del garaje de la casa de Jill y telefoneó al señor Sweet y le dijo: Estoy embarazada, y la señora Sweet, entonces, no se opuso a ese inesperado giro de su vida, pero se asustó, pues vomitaba sin parar, y entonces, cuando dejó de vomitar, siguió sintiendo como si quisiera vomitar sin parar, y esa sensación nunca desapareció del todo, no desapareció hasta el momento en que nació la bella Perséfone; y la señora Sweet tenía antojos de pomelo y luego vomitaba inmediatamente después de comérselos, pero al mismo tiempo no podía evitar los antojos que si no hubiese satisfecho no le habrían provocado vómitos, pero un antojo en esas circunstancias es inevitable; y vio una película sobre unos seres llamados gremlins y después vomitó, vomitó muchísimo por todo el suelo del pisito donde vivía, un pisito construido por un chico que estaba tan bien situado en la vida y que estaba tan poco preparado para estar bien situado en la vida que se alistó en el ejército, y mientras iba de pasajero en un jeep militar sufrió un siniestro y quedó paralítico de cuello para abajo, y la madre de ese chico le construyó una casa adaptada a su nueva debilidad; y fue en su casa donde la señora Sweet gestó a la bella Perséfone, que era perfecta.

Entonces, aunque era Ahora, Entonces era Ahora: la señora Sweet estaba tumbada en una camilla en una habitación y el doctor Fuchs, un hombre que quizá inventó la amniocentesis y quizá no, tenía en la mano un instrumento que parecía una varita mágica y lo movía hacia delante y hacia atrás sobre el vientre de la señora Sweet con un júbilo infantil (eso pensó la señora Sweet entonces y ahora), y con un apasionamiento infantil, como si se hubiese propuesto desafiar todos sus años de estudio y adquisición de conocimiento, como si disimulara una profunda necesidad de repetir, de vez en cuando, acciones que no tenían ningún significado evidente pero que de todas formas eran misteriosamente importantes; y mientras lo hacía, mientras pasaba el instrumento con forma de varita mágica hacia delante y hacia atrás por el vientre de la señora Sweet, veía, en un monitor, a la bella Perséfone (que todavía no era bella, que todavía no era Perséfone entonces), una masa con forma hecha de filamentos y membranas y materia gelatinosa, que se movía sin cesar, que se movía sin descanso, rodeada de una gran cantidad de agua que el doctor Fuchs sabía que era líquido amniótico; veía las manos de Perséfone, que ya eran grandes, y sus dedos largos, que entonces se estrechaban hacia lo no conocido, y sus piernas cortas, y su cabeza de tamaño normal y sin pelo, y su torso de tamaño normal. Y entonces le clavó una larga aguja en el vientre ligeramente hinchado de la señora Sweet y extrajo un poco de líquido amniótico y se alegró de que todo aquel procedimiento no hubiera puesto en peligro a la bella Perséfone. También entonces, el señor Sweet, que había acompañado a la señora Sweet a aquella habitación donde la señora Sweet estaba tumbada en una camilla, distinguió la imagen de la bella Perséfone en el monitor, no de inmediato, sino al cabo de un rato, cuando sus ojos se acostumbraron a la oscuridad y al color del líquido en el que la bella Perséfone (aunque no era bella entonces, ni era todavía Perséfone) existía. Y de inmediato, al verla, el señor Sweet amó a su hija y por tanto era bella y era nueva, y su novedad no era sin embargo original, no era única, la joven Perséfone era como las estaciones, como la primavera —por ejemplo—, ¡y especialmente como la primavera! El querido señor Sweet, al ver los restos (pues todos estamos hechos de restos) que entonces eran lo único que había de la bella Perséfone flotando con serenidad en el líquido amniótico contenido en un saco que la señora Sweet tenía dentro del útero, de inmediato concibió una sinfonía de sonidos inspirada por su aparición, una evocación y un homenaje al simple hecho de la renovación, ya sea la de las estaciones, y la primavera en particular, ya sea la del ciclo vital de un anfibio, ya sea la de la piel que cubre su propio ser: había un ciclo de vivir con plenitud y luego un declive hacia la muerte durante un tiempo y luego una vuelta a una vida intensa y gozosa. La bella Perséfone, *in utero*, catapultó al señor Sweet al ciclo de la vida gozosa como si la vida gozosa pudiese durar eternamente. Él enseguida vio, eso dijo el señor Sweet y también lo dijo para sí, que sus dedos, largos y fuertes, eran perfectos para tocar la lira y ya —Entonces, Ahora— la oía interpretar variaciones de esto y de lo otro; sus interpretaciones, a través de la lira, de cuartetos, quintetos, suites y otras composiciones por el estilo. Y entonces el señor Sweet temió que aquella cosa tan bella que nadaba en el útero de la señora Sweet naciera demasiado pronto, antes de haber pasado los nueve meses preceptivos *in utero*, y que entonces su cerebro quizá no se desarrollara del todo y aquellos dedos quizá no alcanzaran la longitud requerida para tocar la lira correctamente y su tracto digestivo quizá no funcionara correctamente, y mandaron a la señora Sweet a la cama y ella cantaba —para sí misma y también para la bella Perséfone, que todavía no era bella y que ni siquiera era todavía Perséfone— canciones que recordaba de su infancia: «Two pence ha' penny woman, lie dun on the Bristol, de Bristol e' go go bum-bum, an e' knock out she big fat pum-pum!». Y la bella Perséfone —pues al poco ya se estaba volviendo bella y se estaba volviendo Perséfone, incluso— creció y se perfeccionó dentro del útero de su madre y entonces un día, en otoño, nació.

Decimos Ahora sobre entonces:

Cuando nació Perséfone, tres años y nueve meses antes del nacimiento del joven Heracles, el señor y la señora Sweet vivían en la casa de la verdulería, justo encima del Holland Tunnel, y aquella casa, construida a mediados del siglo XIX, estaba ya despojada de todo encanto: no tenía tuberías ni paredes bien construidas, estaba vaciada y tuvieron que hacerle reparaciones, y conseguir el permiso para llevar hasta ella tuberías de agua y tuberías de gas y cables de electricidad y para desinfestarla de los cuarenta y cinco ratones que, como mínimo, vivían en ella. Entonces la señora Sweet engordó, tanto engordó que el señor Sweet, en broma, con la intención de animarla, pues ella estaba desesperada con la forma de globo que estaba adquiriendo su cuerpo, pues eso era lo que veía en el espejo, empezó a llamarla Charles Laughton, y con eso se refería al actor que en su día había estado casado con la actriz Elsa Lanchester, pero entonces él (el señor

Sweet) no estaba pensando ni en el actor ni en la actriz, no estaba pensando en la persona ni en la interpretación, sino que pensaba, con la cabeza y el corazón: Mi esposa está embarazada, hay una persona formándose dentro de ella y esa persona es alguien a quien yo no quiero conocer, que no quiero que forme parte de mí, soy incapaz de semejante intimidad, un bebé, un niño, una persona, cómo hacer que desaparezca todo esto, cómo seguir siendo quien soy (con eso se refería a ser el señor Sweet) si ese ser debe empezar a existir; y el señor Sweet pensó: Qué contento estoy de ser el padre de esta bella niña, pues escribiré para ella música para que se interprete al pianoforte, música para cuatro manos, y los llamaré *Nocturnos para Perséfone*, los llamaré a todos *Nocturnos para Perséfone.* La amaré mucho y la tendré muy cerca de mi corazón. El señor Sweet sonreía a su esposa, que vomitaba sin parar, y que vomitaba todo el contenido de su estómago, una y otra vez, y a veces tenía la sensación de que había vomitado su propio estómago.

Pero no vomitó su propio estómago, y al final la bella Perséfone creció dentro de su vientre y un día nació. Perséfone era bella, sin duda: su cara, todas las partes de su cara, todas sus facciones, estaban en proporción perfecta unas con otras: los ojos eran de forma y tamaño idénticos y estaban exactamente separados a ambos lados del puente de su nariz, semejante a un pétalo; su boca parecía un creciente de luna antes de alcanzar por completo el primer cuarto; sus orejas parecían la concha que hubiese protegido algún bocado delicado que vivía en las entrañas del mar y que luego hubiese muerto en la orilla; era bella, pensaron su madre y su padre, y entonces ellos no sospechaban que todas las madres y los padres del mundo, al ver a su primogénito, se decían: El amor es bello, la belleza es perfecta y justa. Al salir del vientre de la señora Sweet, Perséfone era, entonces y ahora, bella, y al verla cubierta de *vérnix caseosa*, la señora Sweet se puso a temblar violentamente, y quiso salir corriendo y marcharse muy lejos, pero no pudo, porque el doctor Fuchs le puso a la bella Perséfone en los brazos y estaba muy contento porque creía que había hecho muy felices a tres personas: la madre y el padre y la niña recién nacida. Presa de aquellos temblores, con todo su cuerpo sacudiéndose como si estuviese a punto de partir hacia el otro mundo, la señora Sweet se abrazó a la recién nacida como si fuese una cuerda salvavidas que la unía a su propia existencia, y así era. Y la señora Sweet estaba muy asustada y temía que, por hallarse en aquel estado, el bebé se le caería al suelo de la sala de partos del hospital en el que acababa de nacer la bella Perséfone, y que, al caer al suelo, la pequeña Perséfone se rompería y se esparciría, y quedarían partes de su cuerpo tiradas por todas partes; y justo antes de que el pánico se apoderase de ella, de que la irracionalidad se apoderase de ella, el señor Sweet le quitó a la pequeña de los brazos y la envolvió en una manta proporcionada por el hospital y se la llevó a la *nursery* y la puso en un moisés, donde ella se quedó dormida rodeada de otros bebés que habían nacido más o menos a la misma hora. Por supuesto, la bella Perséfone había abierto sus pulmones llorando apenas salió por completo del cuerpo de la señora Sweet (había estado viviendo de forma parasitaria dentro de la señora Sweet, creciendo con toda tranquilidad en el útero de aquella dulce mujer) y luego se quedó profundamente dormida y en aquel sueño se convirtió en la bella Perséfone, una y otra vez y para siempre. La bella Perséfone, pues entonces ya lo era, necesitaba nutrientes, cierto, cierto, pues no podía existir por sus propios medios solo del aire que respiraba, y la señora Sweet la cogió y acercó los indiferentes sacos llenos de leche que tenía en el pecho a la boca de la bella Perséfone, que bebió y bebió, haciendo ruiditos a medida que bebía: ruiditos que equivalían a cuartetos, suites, una monodia, un solo, un dúo, orquestales, sinfónicos, un combo de todos los sonidos imaginables de la armonía, agradables y placenteros para alguien que escuchara esas cosas, pero espeluznante para alguien que estuviese sentado junto a la madre, y ese alguien era el señor Sweet.

La señora Sweet posparto, es decir, la mente y el cuerpo que entonces formaban la señora Sweet, existía en el círculo más tenue de un infierno no reconocido en ningunas escrituras. Su cuerpo, de la cabeza a los pies, se había hinchado de una forma agradable para alguien: el señor Sweet seguía llamándola con cariño Charles Laughton, pero cuando ella se veía reflejada en el espejo (cuando se lavaba los dientes en el baño, por ejemplo), con el pelo sin lavar y sin retocar, se parecía a su esposa, la actriz Elsa Lanchester, en concreto cuando interpretaba a la joven novia del héroe Frankenstein. Aun así, «ñam, ñam, ñam» eran los sonidos que entonces salían por la boca de la bella Perséfone mientras succionaba los pezones de la señora Sweet y tragaba ruidosamente la leche que salía a chorro de sus pechos, y el chorro de leche la habría ahogado si la señora Sweet no hubiese estado muy atenta. Al contemplar el rostro de su madre, que también era perfectamente redondo y bulboso, la bella Perséfone se enamoró de la totalidad de su madre, sin saber que el amor va acompañado del odio y el desprecio también —que es una forma benigna de odio—. En cualquier caso, cuánto amaba la bella Perséfone a su madre, la dulce señora Sweet, la más dulce de todas las señoras Sweet que jamás había habido y la más dulce de todas las señoras Sweet que jamás habría: sus pechos redondos y llenos, su cara redonda y llena, todo del mismo marrón reluciente; sus ojos del color de barriles llenos de melaza, su nariz hinchada como la de una ardilla con las mejillas llenas de castañas, o como la de una mangosta con las mejillas llenas de los anfibios o los mamíferos más débiles que encuentra en su camino; sus labios grandes y carnosos, como la boca de una flor de grandes pétalos (el hibisco); sus orejas grandes y blandas e insólitas y extraordinarias pero sin parecido alguno con ninguna especie del reino animal ni vegetal. Así que la bella Perséfone se enamoró de su madre, la dulce y bondadosa señora Sweet, mientras bebía de los sacos de leche que su madre tenía en el pecho. Y Perséfone fue haciéndose más y más bella, e incluso más bella todavía.

Inmediatamente después del nacimiento de Perséfone, el señor Sweet empezó a esconderla; primero se la llevaba a dar una vuelta a la manzana, colocándola en un marsupio diseñado y fabricado por una mujer que vivía en algún lugar de California; luego se la llevaba a dar un paseo por el parque, un espacio despoblado cerca de la West Side Highway, y luego se la llevaba a dar un paseo a algún sitio, y al final se la llevaba a dar un paseo, solo eso, a dar un paseo, así que pronto dar un paseo se convirtió en un destino en sí. ¿Dónde está?, se preguntaba la señora Sweet, y también se lo preguntaba al señor Sweet si conseguía verlo; por sí misma no obtenía ninguna respuesta, pues realmente no sabía qué le pasaba a la bella Perséfone, y cuando miraba al señor Sweet él se limitaba a sonreír y le decía: «¡Huuummm!», y aquel «¡Huuummm!», aquel murmurar para sí, los primeros compases de una sinfonía, una suite, un cuarteto, un quinteto, etcétera, predecible como el orden natural en que aparecían las cosas en el firmamento en noviembre y diciembre, las estrellas que se veían en todo su esplendor, si estabas en el césped de la casa de Shirley Jackson y si mirabas hacia arriba, en lo alto veías la galaxia Andrómeda y en su interior una luz brillante llamada la Gran Nebulosa y aún más cerca las Nubes de Magallanes y Fornax y Draco y la Osa Menor, entre otras cosas que veías en lo alto; y también Perseo y Casiopea y Mirfak y Algol; todo eso podías observar si estabas en el césped, fuera y más allá de la casa de Shirley Jackson, pero entonces, cuando nació Perséfone, los Sweet vivían en la vieja casa construida justo encima del Holland Tunnel, justo al lado de Canal Street.

La bella Perséfone creció fuerte y robusta, tan robusta que parecía un conejo ilustrado justo antes de que lo cocinaran, un conejo que habían atrapado y que entonces saciaría el hambre de una pequeña familia apellidada McGregor; daba un paso adelante, se caía, daba dos pasos adelante, hacía equilibrios y lograba mantenerse erguida, y entonces cruzaba todo el suelo de la cocina al tiempo que hablaba ni sola ni a nadie en concreto —el señor y la señora Sweet eran los únicos testigos—, solo gritaba: «Puede que vea la luna, puede que vea la luna», pero era de día y ellos, los tres, estaban en la cocina y en la cocina había pocas ventanas. Y la señora Sweet apenas la veía con excepción de las veces en que la alimentaba con los sacos llenos de leche que tenía en el pecho, y luego aquella vez que se comió un estofado de carne finamente picada y calabacines por primera vez y el señor Sweet se enfadó porque la señora Sweet no había cultivado la vaca y las hortalizas desde cero, sino que había comprado aquel mejunje en la tienda, y en el tarro que contenía el mejunje estaba escrita la palabra BEECHNUT. La bella Perséfone crecía y crecía y crecía sin parar, y creció tanto que entonces su madre ya no podía alcanzarla, pues la señora Sweet muchas veces no la encontraba, aunque estuviese sentada enfrente de ella a la misma distancia que hay entre una bella flor y la mano que la cortará del tallo en el que crece de forma natural; la señora Sweet no encontraba a su hija, aquella bella niña que había nacido a las doce y cuarto de la noche, justo después de que a la señora Sweet le pusieran una epidural, aquella bella niña con ojos con forma del pez volador que se ve cerca de la costa de Barbados. Así pues, apenada, la señora Sweet se impuso a sí misma un gran silencio, y convirtió ese silencio en un mundo y ese mundo estaba hecho de silencio: no podían oírse ni pronunciarse palabras; la comida no podía tener sabor si se ingería; la mofeta, que no pertenece a la familia de los roedores, no se veía en la carretera que se expandía infinitamente en el crepúsculo porque la había atropellado un coche, y su hedor, que a menudo era esencial en los perfumes diseñados para enmascarar el hedor del cuerpo humano, cayó dentro de aquel silencio. Un gran silencio: ¡un silencio tan grande que no necesitaba de mayúsculas! Apenada, engordó y adquirió un aire depravado, como el actor Charles Laughton y también su esposa, la actriz Elsa Lanchester, y acabó pareciéndose a ellos como eran en la vida real o en sus interpretaciones, no importaba, no le importaba ni a ella ni a nadie que observara la situación. Entonces un gran silencio invadió a la señora Sweet, que lloró y lloró y siguió llorando, y después volvió su mundo negro y helado, pues el señor Sweet había cogido a su hija y la había metido en el bolsillo de su chaqueta, la que su esposa le había comprado en la tienda de ofertas Brooks Brothers de Manchester, no la que era idéntica a la que llevaba su padre y que este había comprado en J. Press, de Madison Avenue, y la mantuvo allí dentro mucho tiempo y en todo ese tiempo la señora Sweet nunca vio brillar el sol.

7

Aquella tarde, a las cuatro menos cuarto en punto, la bella Perséfone y el joven Heracles se apearon del autocar escolar y vieron que su madre, la querida señora Sweet, no había ido a recogerlos. Vieron alejarse el autocar escolar, conducido por el señor Strange, de curioso apellido, y desaparecer al rodear el monumento Bennington; vieron a sus compañeros, unos cuantos niños y niñas díscolos que vivían en pueblos rodeados de plantas de hoja perenne de todo tipo excepto llantenes, y todas las plantas de hoja perenne tenían una enfermedad porque había una plaga de roya; y esos compañeros eran muy malos, pues a veces algunos de esos niños golpeaban al joven Heracles casi hasta matarlo, y el autocontrol que él necesitaba para no agarrarlos a todos con sus manazas morenas y dejarlos más muertos que sus calcetines viejos era mayor que la fuerza que había empleado para destruir toda la ciudad de Tebas que aparecía en su consola portátil Nintendo; aquellos niños en cualquier caso no tenían nombres de origen distinguido, se llamaban Tad, Ted, Tim y cosas así. Pero la señora Sweet no estaba en la parada de autobús y el joven

Heracles se sentía tremendamente afligido y angustiado, pues amaba mucho a su madre, la amaba mucho; una nube negra llena de un fuego tóxico salió de su frente y él la dirigió hacia lo alto del monumento Bennington, una estructura dedicada a una batalla que condujo a una derrota y un triunfo y los vencedores y los vencidos estaban ahora instalados en la deformación normal de la vida cotidiana, y lo hizo caer al suelo, y el monumento estuvo a punto de aplastar un autocar lleno de ciudadanos alemanes que estaban haciendo un tour por Nueva Inglaterra justo entonces.

Tan afligido y angustiado se sentía Heracles porque la señora Sweet no estaba esperándolo cuando el autocar escolar llegó a la parada de autobús que se tiró al suelo y recogió las piernas hasta apoyar los pies en el pecho y apoyó la barbilla en las rodillas, de modo que parecía una ilustración de un feto completamente formado e intacto en el útero materno, una ilustración que se veía a menudo en las paredes de los despachos de los médicos. ¡Venga, va! Y esa era la voz de la bella Perséfone, su hermana, y así debía ser, pues era primavera y ella había salido y ya no vivía en las profundidades del bolsillo de la vieja americana de tweed de Brooks Brothers del señor Sweet (y el forro de aquel bolsillo estaba hecho con seda comprada en Hong Kong). Al no saber qué hacer, lo levantó del suelo sin mucho esfuerzo, como si fuese un espárrago recién cosechado, o un puñado de fresas, o un plato de guisantes, o como si estuviera sacando el hámster que se había muerto por la noche en su jaula, y se lo puso en el bolsillo derecho de su chaqueta, que estaba hecha de tereftalato de polietileno y el bolsillo estaba forrado de rayón. Vamos, vamos, le dijo mientras acariciaba la curva de su espalda con el pulgar, protegiendo con los otros cuatro dedos la cabeza que apoyaba en las rodillas, es muy grave que no haya venido a recogernos como de costumbre a la parada del autobús escolar. ¿Dónde demonios estará? ¿Qué demonios estará haciendo? Ah, estará en esa habitación escribiendo sobre su dichosa madre, como si nadie, desde que el mundo es mundo, hubiese tenido una madre que hubiese querido matarlo antes de nacer; y sobre ese estúpido padre llamado señor Potter que ni siquiera sabía leer, y de la isla de mierda donde nació, llena de gente estúpida a la que la historia olvidará con sumo gusto, pero ella tiene que seguir recordándole a todo el mundo ese sitio y a aquellas personas que a nadie importan y ella eso no lo soporta. Y ¿dónde está? Está en esa habitacioncita contigua a la cocina, y desde esa habitación ve la cocina y está preparándonos lo que queremos para comer y cada uno queremos una cosa diferente y cómo se las ingenia para seguir escribiendo esa mierda..., haz que pare, haz que pare antes de que la mate y era mucho mejor cuando solo nos hacía medias que eran demasiado grandes antes de lavarlas y que luego eran demasiado pequeñas después de lavarlas y solo acumulaban polvo en el cesto de la colada porque ella no soportaba tirarlas, después de todo el tiempo que había pasado tejiéndolas y los gorros nunca nos abrigaban, se nos caían y nos tapaban los ojos cuando esquiábamos y yo casi me maté al bajar aquella pista negra con aquel estúpido gorro que me regaló y que tejió quedándose despierta por las noches; y es esa manía de escribir, es esa manía de escribir, es esa maldita manía de escribir lo que no le permite estar a la hora para recogernos en la parada de autobús donde siempre para el autocar escolar que conduce el señor Strange, cuyo nombre de pila es Ralph y ese tampoco es un nombre de linaje distinguido, y no sé si sabes que un hombre que debería estar encerrado en una celda subterránea en la cárcel podría venir y cogernos y llevarnos a su casa y asesinarnos o violarnos y jamás volverían a vernos ni a saber de nosotros, ni siquiera nos mencionarían en el informativo nocturno, desapareceríamos de la faz de la tierra como una especie de alguna era geológica que todavía no se ha descubierto siquiera..., ¿qué estará haciendo, qué estará haciendo, qué demonios estará haciendo? Está sentada en esa habitación, frente al gran escritorio que le hizo Donald, y está pensando, pensando en una frase y cómo terminarla: mi madre me mataría si tuviese la oportunidad, yo mataría a mi madre si tuviese el valor necesario, y como si una cosa así fuese posible, vive en ese mundo de la habitación con el escritorio y la cocina más allá y nos deja solos aquí para que venga un hombre y nos mate, para que los turistas alemanes se queden mirándonos, para que todos los demás niños y sus madres vean que no nos quiere, solo ama el mundo que lleva en la cabeza, un torrente de mentiras que solo existen en su cabeza, no somos nada para ella, nada, nada, solo le importan las palabras que tiene en la cabeza, y ahora, mira, va a hacerse de noche, la negra noche se nos tragará y nunca nos encontrarán, pues nos habremos perdido en la noche, en la noche misma, como si fuese el negro mar negro como la noche.

¿Dónde está, dónde está...? Entonces, oh, justo entonces la señora Sweet llegó con el viejo coche, el viejo Kuniklos gris, el viejo coche que la señora Sweet llamaba cariñosamente señor McGregor, pues le encantaba ponerle nombre a todo, como si todo lo que había en el mundo hubiese sido creado exclusivamente para ella; y al ver a sus dos hijos se infló como un suflé y de hecho justo entonces en su mente apareció el menú para la cena: suflé de cangrejo y una ensalada de brotes tiernos, le había comprado las semillas a Renee Shepherd y habían llegado en un paquete que había sido diseñado por los Shakers, una secta ya desaparecida de personas muy religiosas, con una vinagreta francesa, helado si los niños querían, de la tienda, no helado hecho por ella —ese solo lo hacía en verano—; estaba muy orgullosa de ellos, y ¿por qué? No habría sabido decirlo, ni ahora ni entonces... Pero los niños se alegraron de verla o eso pensó ella entonces. La hermana se había sacado al joven Heracles del bolsillo nada más ver el viejo Kuniklos gris, que llegó a lo alto de la cuesta de enfrente de la casa de los Gatlin; el joven Heracles había abandonado aquella posición fetal eterna y ahora parecía fresco como una flor que acaba de abrirse, o como una flor que empieza a abrirse vista a cámara rápida. La señora Sweet abrazó a sus queridos hijos y los apretó contra su pecho con los ojos cerrados como si fueran un fragante ramo de *Lilium nepalense* recién cortadas, aunque los apremió a meterse en la parte trasera del viejo coche y en el suelo había moho, pues el techo del coche tenía una gotera, y la puerta del conductor no cerraba bien, y entraban la lluvia y la nieve, según fuera el caso. Torció para enfilar por Silk Road en tercera, cruzó el río Walloomsac por el puente cubierto, tomó rápidamente las curvas de Matteson Road, giró a la izquierda en Harlan y entonces llegó a casa, la casa en la que había vivido Shirley Jackson. Pero aquel viaje a casa, entonces, ¿qué fue? ¿Qué es ahora? Pues hay un bosque entre el puente cubierto y la casa de Shirley Jackson y cuando ya se acercaban a ella Perséfone se pasó la lengua por los labios y justo cuando cruzaron el límite entre la ciudad y el pueblo se puso a cantar, no una canción con notas normales y corrientes, no una canción que hubiese oído en la radio, y además ni siquiera era una canción de verdad, era una serie de sonidos agudos, todos ellos diferentes, y salían en tandas de doce o quizá trece o catorce, pero doce parecía más plausible, o eso pensó la señora Sweet, pero solo lo pensó, no lo sabía con certeza entonces ni lo sabe con certeza ahora, mientras escribe esto; y esas tandas de notas que eran todas iguales y luego no lo eran, pues el orden era inesperado, pensó la señora Sweet, y fue entonces cuando no quiso ponerle un gran calcetín de deporte de hombre en la boca a la bella Perséfone, el orden era aleatorio, pensó la señora Sweet, y fue entonces cuando quiso arrojar a la bella Perséfone al olvido, un olvido que era solo el cielo, un lugar donde la retendrían hasta que la señora Sweet pudiese soportar de nuevo su presencia. Y la bella Perséfone cantaba como si la acompañara una orquesta entera, una orquesta magnífica, como si estuviera en una gran sala delante de un público sin características físicas específicas, nada de nariz ancha, nada de pelo fino y rubio, una tez indistinta, sin relación con ningún suceso histórico. Pero para los oídos de los otros ocupantes del viejo Kuniklos, un coche fabricado en Alemania pero con nombre griego, qué molesto era oír el contenido del catálogo de Delia de aquella forma, qué molesto oír el contenido del catálogo de Wet Seal de aquella forma, qué molesto oír el contenido de los deseos de la bella Perséfone de aquella forma. Ella siguió cantando, aunque cantar, ese acto tan a menudo asociado con la sensación de ser transportado de tu estado mental actual a otro reino, un reino de algo que no es tu verdadero yo, no era lo que hacía la bella Perséfone; ella cantaba y el propio canto era bello y ella cantaba sobre la chaqueta de tweed cuyo dobladillo le quedaba justo por debajo de las rodillas y la chaqueta de tweed cuyo corte imitaba el de los marinos de la Marina británica y sobre el vestido confeccionado con barriles de petróleo transformados en tela que parecía gasa y con la que se había confeccionado un vestido de una belleza surrealista, y cantaba sobre la falda que tenía anchas tablas, y que era corta, y sobre la falda que tenía tablas estrechas y era larga, y sobre las botas de suela gruesa y de las botas que llegaban hasta las rodillas y que ni siquiera se podían plantear ponerse la bella Perséfone ni su amiga pelirroja Lamb, que vivía en Mechanic Street, ni su amiga que vivía en las murallas de una montaña en North Adams, en Massachusetts, ni ninguna otra de sus numerosas amigas que en verano vivían con ella en el campamento Eisner, de Great Barrington, en Massachusetts. Su voz entonaba las doce notas de una escala y luego una variación que quizá resultara familiar y entonces inesperadamente no, o eso les parecía a los oídos de la pobre e inculta señora Sweet, pues la señora Sweet solo conocía los himnos anglicanos y luego a Mighty Sparrow y luego el Motown y luego la música disco y al joven Heracles le encantaba Jay-Z, qué cruel es que te hagan amar una cosa doce veces y entonces cambiar a otra cosa y que te hagan amar esa y entonces cambiar a otra cosa y hacerte amar esa otra también y entonces renovar la cosa que amabas y no decírtelo y entonces amar eso tú también y entonces cambiar a otra cosa que habías olvidado y hacerte amar eso también y entonces cambiar a algo que conoces y amabas entonces y amas ahora y hacerte pensar que no la conoces. ¡Qué cruel! Eso pensaba la señora Sweet. Eso pensaba la señora Sweet mientras llevaba a sus hijos a casa en coche, la casa que era la casa donde había vivido Shirley Jackson. Y al acercarse a aquella casa, aquella bonita casa, pintada de blanco con columnas dóricas y construida según un estilo llamado victoriano, la señora Sweet pensó que las doce notas colocadas en fila y entonces repetidas una y otra vez y entonces cambiadas inesperadamente quizá fuesen tan bellas como árboles dispuestos en filas de cinco colocados en diagonal y espaciados de manera uniforme y por tanto llamados un quincunce, y esa repetición, ese patrón, qué profundamente inquietante es para el espíritu, y la señora Sweet podía atestiguarlo, pues en una ocasión había visto eso mismo en la parte arbolada de un jardín de la Toscana.

Las doce series de notas, todas iguales, todas ligeramente diferentes unas de otras, eso les parecían a los oídos incultos y tercermundistas de la señora Sweet, llegaron a su fin de forma brusca, la bella Perséfone cerró la boca, ¡y la señora Sweet detuvo el coche gris, al que el fabricante de coches había nombrado en honor a un roedor muy querido por los niños y odiado por cualquiera que tuviese un huerto sin vallar! Los niños dijeron: «Joder, mamá» y «Hostia, mamá» al salir despedidos hacia delante y entonces los sujetó el cinturón de seguridad que la señora Sweet siempre insistía en que se pusieran, y ese inesperado devaneo con el desastre habría sido emocionante y divertido si se hubiese producido en la atracción de una feria, pero no en el camino de su propio hogar dulce hogar.

Oh, entonces, oh, entonces, pero solo para verlo ahora: pues el joven Heracles entró corriendo en la casa, por la puerta, y entró corriendo en el mundo de una cabalgata de figuras imaginarias, Tortugas Ninja, Murciélagos Ninja, Niños Ninja que vestían capas de diseño muy elegante y colores demasiado llamativos para existir en el mundo conocido y peleaban y derrotaban a seres del mundo por llegar, seres del mundo que fue, y podían verse en la televisión o en cintas de vídeo, pero no en *En busca de Carmen Sandiego*; y la bella Perséfone entró corriendo en la casa para chatear con Meredith y Samantha y Joan y Iona y Jenny y otra chica con quien compartía recuerdos especiales del campamento Eisner, de Great Barrington, en Massachusetts, y otra chica cuyo padre se pasaba el día mirando vaginas porque era ginecólogo, y otra chica cuyos padres regentaban un *bed and breakfast* en North Adams, en Massachusetts, y otra chica a la que todavía no había conocido en persona y a la que nunca conocería realmente, y esa ausencia de realidad entristecía a la señora Sweet, pues la realidad conformaba el Ahora y el Entonces, ¡y el Ahora y el Entonces eran indistinguibles! Ahora y Entonces no eran lo mismo y sin embargo Ahora y Entonces: pues ahí estaba la señora Sweet y ahora tenía dos hijos y el señor Sweet era su esposo, el padre de sus dos hijos, ese era su Ahora y ese era su Entonces, y todo estaba separado, y todo lo que estaba separado formaba una línea recta que ahora convergería entonces, eso pensaba la señora Sweet mientras seguía a sus hijos a las profundidades de la casa en la que había vivido Shirley Jackson, y es cierto que el joven Heracles y la bella Perséfone nunca habían oído hablar de la mujer que había vivido en aquella casa de las grandes columnas dóricas de estilo victoriano y neogriego. Y ahora ¿qué? Pues la señora Sweet estaba entrando en la casa, y justo antes de hacerlo se detuvo en el umbral y entonces se quedó muy quieta: a sus pies yacía su vida, yacía enterrada muy hondo en una oscuridad infernal, del color del vino o no, y la custodiaba un rebaño de sus temores alados: «Poco después de que me hicieran copiar los Libros Primero y Segundo de *El paraíso perdido* como castigo por portarme mal en clase, fui a visitar a mi madrina, la señora DeNully, una mujer tan corpulenta que no podía caminar del sofá a la butaca sin apoyarse en algo, y si no hubiese tenido apoyo no habría podido hacerlo. Cuando no estaba durmiendo, estaba en la habitación que contenía el sofá y unas cuantas butacas, butacas Morris, y muchos rollos de tela de todos los tejidos imaginables, o todos los tejidos asequibles para los merceros de las Antillas británicas. Le mandaban esos rollos de tela desde las fábricas de tejidos de Inglaterra y eran de muy buena calidad y no todo el mundo podía permitírselos: a la mujer que limpiaba la casa de los DeNully, todas las Navidades le regalaban tres metros de tela. En la habitación con la señora DeNully había punto suizo y lino irlandés y una preciosa sirsaca y algodón bordado y faya de seda y todo tipo de cosas que servían para que un vestido bonito lo fuese aún más. La señora DeNully estaba casada con el señor DeNully, y él trabajaba de director en Mendes Dockyard, un negocio que pertenecía a la familia con ese nombre y que vendía todo tipo de cosas relacionadas con los barcos y todo tipo de cosas relacionadas con las casas. Él había llegado a Antigua proveniente de Escocia sin dinero y sin familia cuando era muy joven, tendría unos dieciséis años, y poco después conoció a la señora DeNully y se casó con ella. Entonces ella era la hija ilegítima de un hombre rico; su madre era descendiente de esclavos y su padre era descendiente de amos y ella se parecía más a los amos que a los esclavos. Su padre y su madre nunca se casaron. Su padre estaba casado con una mujer con quien tenía una hija, su única descendiente legítima. Esa hija y la señora DeNully se parecían mucho, pero se odiaban, y su odio estaba tan firmemente arraigado que nadie sabía siquiera cuándo había empezado ni cuál era su causa. Esa hermana se casó con un hombre llamado Pistana y no sé de dónde había salido, pero a veces la gente decía que de Portugal. Pero la señora Pistana también trabajaba en el negocio de la mercería, y aunque las dos hermanas no se dirigían la palabra, muchas veces enviaban a sus clientes a visitar a la otra si esos clientes buscaban algún tipo de tela que ellas no tenían en su almacén. En realidad las dos vendían los mismos tipos de tela, ninguna de las dos vendía telas que la otra no vendiera. Los tipos de tela que vendían llegaban en el mismo cargamento de productos textiles, en el mismo barco que zarpaba del mismo puerto de Inglaterra. Pero ahora yo estoy pensando en la señora DeNully, y cuando menciono a su hermana, la señora Pistana, y a su esposo, el señor Pistana, que vendía cacharros de cocina y vajillas en la otra mitad del establecimiento que regentaban su esposa y él, lo hago solo para que la señora DeNully me parezca tan viva ahora como lo estaba entonces.

»La señora DeNully tenía cuatro hijos, tres niños y una niña, pero la niña murió hace mucho, entonces yo no sabía cuánto tiempo, y nunca se hablaba de cuando la niña estaba viva. Eso fue cuando yo iba a la escuela morava, así que debía de tener cinco o seis años, fue entonces cuando empecé a verla todos los días. Iba a comer a su casa, pues su casa estaba justo al lado de la iglesia morava y mi escuela la habían construido en los terrenos de la iglesia en el siglo XVIII los misioneros moravos de algún lugar de Alemania. Yo podía ir a su casa a comer, pues a esa hora los dos perros que eran las mascotas de uno de sus hijos estaban encerrados. No eran perros guardianes, sino mascotas, y para demostrar que eran mascotas y no simples animales les daban de comer lo que comían las personas, no comida echada a perder ni restos rascados del fondo de la cazuela que nadie quería. Pero entonces, por las tardes después de clase, cuando se suponía que yo tenía que pasar y decirle gracias y adiós a mi madrina, es decir, a la señora DeNully, los perros ya no estaban encerrados: el hijo, de quien eran las mascotas, había regresado de su escuela y había soltado a los perros. Desde lejos, me veían salir del colegio y atravesar aquel campo y el viejo cementerio y el césped de la casa del sacerdote moravo y entonces, cuando ya no estaba muy lejos de la vieja cisterna, corrían hacia mí y me saltaban encima y me tiraban al suelo y entonces se quedaban encima de mí jadeando. Se llamaban Lion y Rover. Lion era del color de un león, un león que yo había visto en un libro; Rover era un perro común y era el que siempre ponía una pata delantera sobre mi cuerpecito tembloroso y entonces apoyaba todo su peso en él, y entonces se erguía y levantaba la otra pata delantera, jadeando deprisa ruidosamente. Entonces a mí me daban ganas de llorar, pero no derramando lágrimas ni emitiendo sonidos por la boca: quería llorar desde el estómago, porque todo lo que sentía procedía de mi estómago, pero no sabía cómo hacerlo. Entonces el dueño de los perros aparecía por arte de magia, pues yo no lo había visto por ninguna parte, y me miraba y les acariciaba la cabeza a sus perros y los llamaba por su nombre y les daba de comer huevos cocidos mientras se alejaba de mí».

Ver el entonces ahora, ver a aquella niñita, vulnerable como las jóvenes plantas de judías verdes que tenía que acordarse de regar, pues ese año estaba cultivando su propio huerto con semillas, y si no las cuidaba bien, si no se ocupaba de ellas, se marchitarían y morirían, igual que aquella niñita se marchitó y murió para convertirse en el Ahora de la señora Sweet, y para seguir viviendo siempre dentro de ella. Aquella niña es inalcanzable; inconsolable e inalcanzable, pero allí estaba, la señora Sweet, con pequeños pliegues de grasa alrededor de la cintura ya no tan joven, y por mucho que diera la vuelta a la casa de Park McCullough con Meg, seis kilómetros, eso no tenía remedio; sus brazos eran del tamaño de un lomo de cerdo de los que vendían en el Price Chopper, sus piernas todavía eran envidiables si solo se veían cubiertas por aquellos espantosos petos que compraba en Gap y en Smith & Hawken, y cuando se despedía de ella para siempre una vez más, el señor Sweet la miraba, y miraba aquellos pantalones de peto, y decía: Me gustaría saber qué hombre o mujer podría encontrarte deseable; y al oír eso la señora Sweet se echaba a llorar otra vez, y otra; y a la altura de las rodillas los pantalones siempre estaban negros porque ella se arrodillaba en el suelo para quitar malas hierbas o plantar plantas con nombres en latín difíciles de recordar. Allí estaba entonces el señor Sweet entrometiéndose en la forma de entender su propio ser de la señora Sweet, allí, en su imaginación, y ella atravesó el umbral del zaguán de la casa de Shirley Jackson, abrió la puerta de la cocina, cruzó los suelos de madera de pino, se paró delante de los fogones, fregó unos platos en el fregadero, preparó los ingredientes para hacer un suflé de cangrejo, mientras la voz de la bella Perséfone bajaba en cascada por la escalera, pues estaba en su dormitorio, y en el mismo tono en el que había cantado en el trayecto a casa, cantaba: Por qué comemos comida francesa, acaso esto es un restaurante francés, esto no es ningún restaurante francés, quiero ir a McDonald's; y entonces seguía cantando: Te crees que estás con nosotros, te crees que creemos que estás con nosotros, pero nosotros sabemos que en realidad estamos dentro de tu cabeza y que para ti solo es real lo que hay en ella y vives en esa habitacioncita con el gran escritorio y nosotros no significamos nada para ti, solo tu infancia con todo su dolor, como si nadie hubiese sufrido en su infancia, jamás, como si tu madre fuese la única madre que fue cruel con su propia hija; y entonces, justo entonces, todas sus palabras crecieron y formaron el agudo quejido de una poderosa masa de agua que cae a través de rocas que ha partido una violenta erupción del propio cinturón de la tierra o de algún sitio cercano y ahora están en equilibrio precario, con el ininterrumpido fluir del agua que le pasa por encima y alrededor y por debajo, y todo eso se hallaba situado a una altitud donde escaseaba el oxígeno, y la voz de la niña lastimaba los oídos, aquel patrón de series y series de notas repetidas en determinado orden y luego repetidas otra vez era sumamente doloroso para los oídos. Pero la señora Sweet procedió a cocinar un suflé de cangrejo según la receta de una mujer que vivía en Cambridge, en Massachusetts, pero que era especialista en unos platos de cocina francesa que ninguna francesa que la señora Sweet hubiese conocido jamás estaba en absoluto interesada en cocinar. No obstante, y esa era una de las formas que tenía la señora Sweet de hacer neutral el Ver el Entonces Ahora, le sustrajo el poder de proyectar poderosos sentimientos y sombras sobre las personas reunidas alrededor de la mesa de la cena, o sobre el torneo de baloncesto organizado para los niños que no saben jugar muy bien, o sobre la discusión que terminará en un juicio de divorcio y al ámbito de la manutención de los hijos, o la injusticia de la manutención de los hijos para alguien que tenía hijos pero que nunca se había planteado en serio cómo comprarles el pan, ¡o las formas de anular una infracción y descartar sus consecuencias! No obstante, y aún más despreciable: ¡da igual! La señora Sweet siguió su camino, ignorando con deliberación el sinuoso desprecio en el que se estaba viendo envuelto y estrangulado su ser a medida que se adentraba en aquel mundo de mamá, mami, madre, etcétera; y preparó la cena y puso ella misma la mesa, pues sus hijos se negaron, estaban ocupados construyendo una réplica de la villa de Adriano para la clase de latín, replicando los viaductos que llevaban agua del Tíber hasta la casa romana, y los objetos domésticos, útiles o simplemente decorativos, que podían encontrarse en aquel Entonces conocido como civilización romana: y todos esos deberes escolares los asignaba un maestro llamado señor McClellan.

Y en la cena: al suflé le faltaba sal, le sobraba sal, le faltaba cangrejo, le sobraba cangrejo, el cangrejo estaba rancio, eso seguro, era congelado, pues ¿cómo va a haber cangrejo fresco en un pueblo de un estado sin acceso al mar? Aquí no hay cangrejos de tierra. La ensalada estaba mustia, la señora Sweet había vertido la vinagreta sobre los brotes tiernos mucho antes de que fueran a comérsela. La bella Perséfone hizo una isla con la ensalada que tenía en el plato, la porción de suflé desinflado era la playa donde mandaba un malvado pirata de la época isabelina o donde gente malvada procedente de Haarlem tomaba el sol porque a veces el invierno de Holanda es muy crudo. El mundo es malvado, se dijo la señora Sweet, sentada con su esposo y sus dos hijos a la mesa a la hora de la cena. El señor Sweet dijo en voz alta, como si estuviera en un escenario y se dirigiera al público: El ciervo se ha comido todos los tulipanes que plantó vuestra madre el otoño pasado, un ciervo con seis astas, un viejo ciervo muy listo, malvado y con muy buen gusto; el ciervo vino y se los comió todos cuando estaban a punto de abrirse, justo cuando habían alcanzado ese punto en que están a punto de florecer, el ciervo vino y se los comió, cada capullo un bocado deliciosamente jugoso de algo que quizá fuese sagrado o quizá no, pero se los comió, se los zampó, los devoró, y solo le dejó a vuestra pobre madre unos largos tallos verdes, donde debería haber habido, relucientes de rocío, los «Reina de la noche», «Reina de Holanda», «Loro negro», los pequeños *clusiana* «Cynthia» y «Lady Jane», el *humilis* «Alba Coerulea», los *turkestanica*, los híbridos de *kolpakowskiana*, *linifolia*, *Kaufmanniana hybrids* y los *Greigii*; donde deberían haber estado los ejemplares tempranos simples de «Príncipe púrpura», «White Marvel» y «Naranja de Navidad»; donde deberían haber estado los ejemplares tempranos dobles de «Mondial», «Monsella» y «Monte Carlo»; donde deberían haber estado los lirios «Mariette», «Marilyn» y «Mona Lisa»; donde debería haber habido un Sra. de John T. Scheepers, sobre todo un Sra. de John T. Scheepers, pues ese es el tulipán favorito de vuestra madre; donde debería haber habido todos esos tesoros que ella se había pasado todo el invierno esperando, sentada en la bañera y bebiendo *ginger-ale* y comiendo naranjas de madrugada, soñando con tulipanes y soñando con formas de estar viva que a mí (el señor Sweet) solo me enfurecían, y lo hace solo para enfurecerme, pues yo (el señor Sweet) quiero verla muerta, la bella Perséfone y yo queremos verla muerta, la bella Perséfone y yo le pediríamos al joven Heracles que la matara, pero él la ama mucho; pero ahora, en este momento, en este ahora, qué felicidad, pues el ciervo se ha comido sus tulipanes cuando estaban a punto de abrirse en todo su esplendor. Y los dos niños se pusieron a aplaudir y alzaron sus vasos de leche, derramando incluso un poco de líquido en sus platos, cuyo contenido ahora parecía algo que describiría las personas interesadas en lo misterioso e insólito, y entonces se pusieron a cantar: quién se ha llevado su turbante, el ciervo se ha llevado su turbante, quién se ha llevado su turbante, el ciervo se ha llevado su turbante, quién se ha llevado su turbante, el ciervo se ha llevado su turbante, pregunta y respuesta, respuesta y pregunta, hasta llegar a un crescendo que al final se desplomó en el suelo, doce notas discordantes, todas disconformes entre sí. ¡Mami, mami, mami! ¡Mamá! Los hijos de la señora Sweet estaban sentados frente a su madre, el aliento de los niños era su aliento, y olía a todas las cosas dulces que ella les había dado, y se llamaban Perséfone y Heracles, no Rover y Lion, y en cualquier caso nunca habían oído hablar de los huevos de pato y por tanto no podían haberlos comido.

La señora Sweet abrazó a sus hijos, los besó para calmarlos, les recordó que entonces la amaban, no solo justo entonces, sino en aquel entonces en que eran bebés y no podían dormirse si no tenían sus pechos que les suministraban leche en la boca, en aquel Entonces en que ellos no sabían cruzar la calle y ella tenía que enseñarles a cruzarla, en aquel Entonces en que al joven Heracles solo se lo podía adormecer llevándolo a un sitio donde unos hombres manejaban grandes máquinas y las máquinas hacían un ruido tan atronador que no oías nada, no oías ni lo que pensabas, y los hombres estaban realizando alguna maravilla de la ingeniería; de aquel Entonces en que ella los llevaba a ver la Gran Divisoria y un glaciar en retroceso del estado de Montana e inesperadamente encontró una especie de clemátide, una *columbiana*, en flor justo delante de la cocina del motel donde se alojaban, donde estaban preparándoles el desayuno y eso fue justo antes de que ella se enterara de que el sendero que llevaba a un lago con nombre femenino, en homenaje a una mujer que habría sido insoportable tener por amiga, estaba cerrado porque el día anterior un oso pardo había tirado al suelo a un turista alemán, aunque la verdadera intención del oso era zamparse a la cría de alce que nadaba en el lago con su madre. Se llevó a sus hijos a sus respectivas habitaciones del piso de arriba de la casa de Shirley Jackson, una mujer que ya llevaba mucho tiempo muerta cuando la señora Sweet vivía en aquella casa y una mujer a quien la señora Sweet nunca conocería, y a pesar de que no la conocía, su existencia estaba muy presente en la vida cotidiana de la señora Sweet; los metió en la cama sin problemas, pues por esa época acostar a sus hijos era un suplicio para la querida señora Sweet, lleno de tratos relacionados con la comida del día siguiente: si la señora Sweet pondría más Oreo para que la bella Perséfone pudiera compartirlas con Joree, cuyos padres no le dejaban comer dulces; si la señora Sweet dejaría al joven Heracles quedar para jugar con Gregory, cuyos padres eran cristianos devotos afiliados a cierta rama y cierta secta que la señora Sweet no entendía. Y al final dejó que el joven Heracles fuese a jugar a casa de Gregory aunque rezando o deseando, las oraciones y los deseos eran intercambiables e indistinguibles entonces, que no le pasara nada malo a su hijo, y a su hijo jamás le pasó nada malo cuando fue a jugar a casa de Gregory. De todas formas, la señora Sweet sintió un gran alivio al saber que Gregory pronto se iría a vivir a Florida. Pero el joven Heracles, justo antes de dejarla marchar —porque él intuía que ella estaba deseando volver a aquella habitación tan odiada, la habitación contigua a la cocina, la habitación donde ella estaba en contacto con el vasto mundo que empezaba en 1492, la habitación en la que yacía su madre y su hermano muerto y sus otros hermanos y todas las otras personas a las que ella buscaba a pesar de que ellas le habían dado la espalda, esa habitación, esa habitación: ¡Quemadla!, gritaban sus hijos, ¡Quemadla con ella dentro!, gritaba el señor Sweet, pero la señora Sweet no sabía cómo ser de otra manera y en cualquier caso no sabía que su existencia y su forma de ser causaban tanto quebranto en los demás—, justo antes de dejarla marchar, justo antes de quedarse dormido, un estado de la conciencia al que él se resistía con todas sus fuerzas, pues Heracles quería dominar, no ser dominado, le dijo a su madre: ¡Mamá, mamá, oh, mamá! Cuéntame otra vez lo del Decano y la señora Hess, y se refería a aquellos cuentos de dos seres que habitaban en el fondo del mar, un hombre y una mujer que estaban casados el uno con el otro y que vivían allí sin tener branquias y sin tener pulmones. El Decano había crecido en un lugar llamado Oxnard, en California, donde durante dos o tres o cuatro generaciones su familia fabricó sombreros para todo tipo de gente y la gente llevaba esos sombreros en todo tipo de ocasiones: para ir a la iglesia, para trabajar en las minas de cuyas vetas extraían todo esos elementos que figuraban de forma destacada en la tabla periódica, para beber cerveza en un bar, para casarse, para asistir a un funeral, un bautizo, un *bat mitzvá*, un *bar mitzvá*, para asesinar a alguien, para visitar a alguien que se recuperaba de una grave enfermedad en el hospital, para ir al banco a devolver un préstamo a plazos, para asistir a ceremonias de costumbres originadas en partes del mundo conocido todavía mal comprendidas, por ejemplo en África; pero los sombreros que fabricaba la familia del Decano eran ahora esenciales para esas costumbres y a la gente que llevaba los sombreros no le interesaba en absoluto quién los había fabricado. La señora

Hess había crecido en un lugar llamado Massachusetts y durante generaciones su familia había fabricado muebles a partir de los troncos de los arces y los robles y los fresnos y los nogales y los pinos de varias especies y todo tipo de gente se sentaba a cenar y mantenía conversaciones y emitía juicios legales o de tipo más informal; ese era el mundo de la señora Hess. Ahora se encuentran dentro de las páginas de un libro y sus vicisitudes, que tienen lugar en las profundidades de las acuosas entrañas de la tierra e incluso a mayor profundidad, en lugares donde la materia de la tierra no era agua sino solo algo parecido, líquido; y cuando la señora Sweet leía eso al joven Heracles, este decía: Qué significa eso, que no era agua sino solo algo parecido, venga, mamá, venga, mamá, es agua o no es agua, y la señora Sweet procedía como si no la hubiesen interrumpido y el joven Heracles reculaba como si no la hubiese interrumpido. Pero en cualquier caso, las aventuras del Decano y la señora Hess, esas dos personas, las únicas que habitaban y conocían bien las acuosas profundidades de la tierra como si fuesen una superficie y que conocían profundidades aún más profundas, entusiasmaban al joven Heracles.

El Decano y la señora Hess no poseían pulmones ni branquias, pues no vivían ni en el agua ni en tierra firme, pues todavía no pertenecían a esta tierra tal como nosotros la conocemos, pero sí veían que la tierra se hacía más densa y más grande y más grande todavía; sí veían un núcleo interno cubriéndose de un núcleo externo y entonces cubrirse de un manto. «Vaya, mira eso», le decía la señora Hess al Decano mientras el núcleo interno desaparecía bajo el manto. Al verlo, el Decano se ajustaba las gafas: «Esto es agotador», decía, y la señora Hess decía: «Pues si eso te parece agotador, ya verás cuando tengamos hijos». Al Decano le habría gustado decir: «¿Por qué?», pero sabía que la señora Hess odiaba entonces cualquier dosis inusual de ironía y que podía interpretar ese comentario supuestamente humorístico como inapropiado. No decía nada. Miraba a su esposa, que tenía el pelo de un bonito color teja, los ojos del color del fuego cuando se refleja en los ojos de cristal de los dos gatos que decoraban los morillos de la chimenea en Nueva Inglaterra a mediados de noviembre; miraba a su esposa, que giraba y giraba primero en una dirección y luego en la otra en un intento de sincronizarse con el movimiento rotatorio de la tierra; pero no podía y se desplomaba en su propio núcleo. Y el Decano decía: «¡Qué es eso!» y entonces, durante un rato, se quedaba fundido y silencioso. Y entonces empezaba a borbotear, pero no de rabia ni de resentimiento, sino de risa y aplaudiéndose a sí mismo por su felicidad. Amaba a la señora Hess. ¡Cuánto la amaba! La bombardeaba a besos, que ella, con buen juicio, ignoraba, pero de los que de todas formas tomaba nota. «¿Es hora de cenar?», preguntaba el Decano, y la señora Hess respondía con firmeza: «¡Todavía no!», y el tiempo seguía avanzando como siempre hacía, como siempre hará, el entonces y el ahora entrelazados, perdiendo singularidad, diferencia, distinción, sujetos únicamente a las leyes de la conciencia humana. «Mamá, mamá, ¿qué pasa? ¿Dónde está el fragmento en que el Decano se come la bandeja llena de castañas de

Indias, recién asadas en el fuego inmortal, ya sabes, el fuego que arde eternamente en el centro de la tierra, ese fuego que está esperando a devolvernos al sitio de donde salimos, ese sitio llamado universo? ¿Dónde está eso? ¿Puedes buscar ese capítulo, por favor? Quiero oír lo de los millones de años de lluvia. ¿Puedes saltarte unas páginas e ir directamente a eso, mamá, por favor, por favor?». Al joven Heracles le encantaba el tono dulce y melifluo con que la señora Sweet le leía la historia de la Creación, la historia de cómo el Ahora era Entonces, la historia en sí, la esencia de cualquier historia, pues la historia era la definición del caos, de lo inestable, de lo incierto, de la pausa que contiene la posibilidad de la nada, el vacío. Y la señora Sweet continuó con una voz inalterable, pues le resultaba fácil adoptar la personalidad de la madre tranquilizadora, e interpretando a la señora Hess, dijo: «Llovía una especie de agua muy complicada porque contenía varios elementos, y cada uno por separado o combinado, eso no importaba, haría inviable la vida del mosquito portador de la clase de malaria más virulenta, y llovió durante cien millones de años». El joven Heracles dijo: «Oh, mamá, oh, mamá, ¿podemos ir a África?», pero la señora Sweet, que seguía interpretando a la señora Hess, dijo: «Todavía no existe África, todavía no existe África», y lo dijo dos veces, pues así sería cierto y era realmente cierto entonces y es realmente cierto ahora. «Bueno, ya basta, jovencito», dijo la señora Sweet, pues veía el ir y venir de los viajes a África indiferenciado del Ahora y el Entonces, solo una masa terrestre que emergía de los billones de años de la inquietud incesante de la tierra, la tierra indiferente a una conciencia individual y única que pudiese manifestarse en la señora Sweet, en el joven Heracles o en cualquier otra persona; y lo tapó hasta la barbilla con la sábana y el edredón, que estaban revueltos, la sábana y el edredón, y lo arropó con ellos como si envolviera un cadáver con una mortaja, pero él solo iba a dormirse y a la mañana siguiente despertaría, no iba a dormir para siempre. Él estaba acostado en la cama de abajo de su litera, que la señora Sweet había comprado en Crate & Barrel, y el señor Sweet había protestado por el precio; la cama de arriba era para los amigos del joven Heracles, Tad y Ted y Tim y Tom y Tut, así se llamaban, y a ellos no les daba miedo caerse al suelo desde una cama tan alta, o eso decían, y el joven Heracles no se lo creía. Y justo antes de marcharse, justo antes de enseñarle la luna y desearle las buenas noches, la señora Sweet dijo: «Mañana será otro día, ¿qué harás entonces?», pues ahora estaba acostumbrada a ver, aunque fuese soñando. La señora Sweet cerró con fuerza el libro que contenía las aventuras del Decano y la señora Hess, pero el Decano y la señora Hess no estaban nada preocupados, ellos siguieron como siempre, como antes y después y como hacen ahora: las gafas del Decano resbalaron un momento por la delgada barandilla de su nariz, un momento de millones de años en los reinos de los batolitos y respecto a las formaciones de fluidos espesados que se solidificaban y se convertían en granito, rocas que se endurecían al enfriarse. «¡Oh, sí, oh, sí!», se decían uno a otro el Decano y la señora Hess mientras recorrían aquel profundo reino, antes había una superficie habitable, y estaban creando una superficie que podría ser habitable, pero eso no les interesaba en absoluto entonces.

Pasó el tiempo. Pero ¿pasó el tiempo? Sí, y al Decano le entró hambre y le dijo a la señora Hess: «¿Cenamos?», y ella contestó: «¡Todavía no!», pues aún faltaba mucho para que algo así fuese posible, una cena: comprar carne y hortalizas en el supermercado, cocinarlas, poner la mesa, sentarse a comer mientras comentaban los sucesos del día, que es como vivimos ahora. ¡Como vivimos ahora! Sí, como vivimos ahora: la chabacanería, la estrechez de miras, la centralidad del yo, el yo degradado no valorado debidamente, el yo sin utilidad, sin consuelo para ningún individuo. ¡Como vivimos ahora! El Decano suspiró y se tumbó, y la señora Hess, creyendo que aquello era un secreto para él, siguió girando hacia un lado, revoloteando hacia el otro, imitando el campo magnético de la tierra, pero ¿cómo podía ser aquello desconocido para ese dios de la geomancia? Aleación de hierro y níquel, peridotita, gabro, granito: los conocía todos a la perfección. «Bueno, de acuerdo», dijo él, y las eras y los periodos y las épocas, todo pasó volando por su imaginación: Cámbrico, Devónico, Pérmico, todos los -cenos, y de esos había muchos, muchos -cenos. El estampado verde del edredón, bajo el que yacía el joven Heracles, subía y bajaba a un ritmo perfectamente constante, era el latido de su corazón, pero entonces él se movió con brusquedad y levantó una mano y luego la apoyó sobre el edredón, y allí quedó su mano, aislada como una porción de masa terrestre, sumergiéndose o emergiendo, ni una cosa ni la otra. Pero él soñaba con flores, con campos y más campos de trigo en flor, y luego en harina, y en árboles floridos que darían frutos, y luego en otros que no darían nada comestible, y toda aquella noche fue así: sueños de flores y harinas y frutos y flores que eran bellas para sí mismas.

8

Cuando yo era pequeña, se decía la señora Sweet hablando sola, imaginando que hablaba pero sin mover los labios en absoluto, los ojos fijos en las puntadas que daban las agujas al pasar de una a la otra guiadas por ella, pues había aprendido sola a hacer calceta, soltando un punto de la aguja y entonces torciéndolo y recuperándolo en la dirección opuesta, alzándolo como si se tratase de una perla, y eso se llamaba «punto del revés», y aun así la señora Sweet comprendía que su método recibiría la desaprobación de cualquier autoridad del Olimpo; y la señora Sweet estaba tejiendo una manta de bebé, siguiendo las instrucciones de las autoridades que la censurarían, generando un punto Vandyke, una serie de puntos del derecho y del revés, y en ese momento no estaba encinta, pero: Cuando yo era pequeña, se dijo, creía que primero el mundo estaba quieto y que entonces se había originado toda la Creación únicamente para mí y que yo había nacido en el Séptimo Día. En realidad lo creí hasta que tuve unos nueve años y entonces sucedió algo, ¿qué fue?

Antes de cumplir nueve años, antes de eso, sucedió algo. Ahora veo que había gran agitación y trastorno en mi vida, pero todo eso tenía que ver con mi propia narración creativa, mi propia creación individual: no me dejaban llorar cuando me regañaban por alguna transgresión, y cometía muchas, pues siempre me estaban regañando, y yo me avergonzaba mucho de mis imperfecciones, aunque si me hubiesen dejado tranquila habría sido perfecta: no había en mí ni una sola cosa que me pareciese deficiente: ni mis pensamientos, ni mi aspecto físico, ni mi madre, ni nada que ella hiciera o no hiciera. Yo aceptaba toda mi tristeza y todo mi anhelo y todo mi ser. Pero parecía incapaz de hacer nada que complaciera a nadie, y eso me incluía a mí, a mi propio ser, aunque en aquella época yo no sabía que mi propio ser constituía lo que llamamos una existencia. No podía complacer a las personas que conocía y por tanto no podía complacerme a mí misma. Toda tu vida se destila a partir de algún suceso que se produjo antes de que tuvieras tres años o después de que tuvieras tres años pero no después de que tuvieras seis años; una vida puede prolongarse seis mil años y cada año lo forman 365 días excepto los bisiestos, y así seguiría siendo: que toda una vida se forma a partir de un pequeño suceso, breve, algo muy pequeño, enterrado muy hondo en él mismo, una catástrofe, difícilmente detectable tanto para ti como para un observador atento, pero lo bastante visible para un amante o un compañeros de piso o el vecino del apartamento de al lado y al que le caes mal, ese suceso, que de hecho se convierte en tu mayor defecto, ocurre cuando tú eres más incapaz de impedir que ocurra, cuando tú eres más incapaz de volver benigna su malignidad, cuando tú eres más incapaz de no darle importancia, como si no fuese más que una hoja que se desprende de un árbol en octubre, un cambio de estación, un fenómeno bastante patente en ciertas partes de la atmósfera terrestre, sí, sí, eso es lo que conforma toda una vida, el pequeño suceso que tú no puedes ver, pero que cualquiera puede ver, y ese pequeño suceso te vuelve vulnerable a los deseos profundos y superficiales de esas personas, personas fortuitas o selectas, eso no puedes saberlo, nunca puedes saberlo realmente. Todo eso se dijo la señora Sweet, eso imaginó que decía, mientras tejía una prenda que esta vez era un suéter confeccionado con un punto que usaban los hombres que vivían en una isla de la parte norte del océano Atlántico y esa isla se formó allí en ese periodo llamado el Carbonífero Inferior y los hombres que vivían en esa isla llevaban esa prenda cuando se hacían a la mar. El suéter Arán era lo que tejía, y se tejía dando dos puntos del revés, un punto del derecho, dos puntos del revés, o dos puntos del revés, dos puntos del derecho y soltar un punto, o soltar dos puntos y entonces recoger uno o ninguno, y de esa forma continuó la señora Sweet: No me dejaban llorar, cuántas veces quise llorar, cuántas veces, pero cuando lloraba me regañaban mucho, me decían que mis lágrimas eran una señal de que era orgullosa como el héroe caído de un paraíso que se había perdido, que yo era Lucifer o alguien parecido, y cuando tenía siete años, en la escuela, el castigo que recibía por portarme mal era copiar a mano los Libros Primero y Segundo de *El paraíso perdido,* de

John Milton; y en esa época yo vivía sin luz artificial, es decir, sin luz obtenida mediante electricidad, vivía entonces en una casita con mi madre y su marido, un hombre que era mi padre por asociación y aquella asociación lo hacía más importante para mí que mi padre biológico; y yo copiaba aquellos capítulos, el Libro Primero y el Libro Segundo, y me identificaba con Lucifer, que no lloraba, pero eso era algo que yo sabía, como sabía que prefería tener calor que tener frío. Pero sí lloraba: lloraba cuando mi madre me llevaba con ella a la biblioteca pública St. John's cuando yo todavía no sabía leer, y ella leía muchos libros mientras yo, sentada en su regazo, le miraba los labios que nunca se movían, pero todo su ser, su cuerpo, se transformaba, pues no permanecía igual.

Pero la vida, la vida real, la forma en que se desarrolla una vida, nunca es como tú habías imaginado que sería: eso se decía la señora Sweet a sí misma, mientras le hacía la maleta al joven Heracles, que entonces iba a ir a un campamento de golf con su amigo, el también joven Will Atlas, y la señora Sweet repasaba mentalmente la escena del señor Sweet diciéndole: Mira, ya sé que te esfuerzas mucho, pero amo a otra mujer y no voy a dejarla, pues ella me hace sentirme yo mismo, me hace sentir mi verdadero yo, quien realmente soy, estoy enamorado de una mujer originaria de un clima y una cultura muy distintos de esos de los que tú eres originaria y tiene un carácter muy dulce, como yo, y toca todas las piezas de Brahms a cuatro manos, a pesar de que ella solo tiene dos, como todo el mundo, y es joven y bella y puede parir hijos bellos y de carácter dulce como el mío y que nunca necesitarán Adderall; la señora Sweet entonces, es decir, mientras el señor Sweet estaba pronunciando todas esas palabras que componían frases que tenían sentido y sin embargo no tenían sentido, pues aquel hombrecillo con pantalones de pana y una chaqueta de lana a cuadros al estilo de los cazadores de la aristocracia rural inglesa diciendo aquellas palabras que a ella le partían el tierno corazón, ella no habría podido tener nada que ver con una persona así, y sin embargo aquel hombre que llevaba aquella ropa era su marido, el señor Sweet, y entonces, justo entonces, ella entendió todas aquellas pequeñas escenas precedentes: en enero, cuando ella sufría más que nunca la falta de calor del sol, el señor Sweet se había apuntado a unas clases de baile de salón y ella quiso apuntarse con él a esa emocionante actividad, y cuando se lo propuso, él se enfureció como si su esposa le hubiese propuesto soltar una bomba atómica sobre una isla del Pacífico, pero luego se tranquilizó y le dijo, con educación y sonriendo: No, tú no puedes apuntarte porque Danny y Susan, y entonces para la señora Sweet todas las palabras que llegaron a continuación en esa frase se esfumaron, pues allí estaba la bella Perséfone, que necesitaba que le enviaran todo tipo de cosas cuando se encontraba en el campamento Eisner o interna en St. Mark's School o simplemente en alguna residencia de verano, y luego estaban las facturas de mantenimiento de la casa que había que pagar, de la casa de Shirley Jackson, o así la llamaban todos los habitantes de aquel pueblo que se extendía a ambas orillas del río llamado Paran.

Oh, Ahora, oh, Entonces, dijo la señora Sweet en voz alta, pero no importó, fue como si hablara sola, pues nadie entendería jamás su agonía, jamás, jamás la entendería nadie, su sufrimiento, su dolor, no había palabras para expresarlos, no existía nada capaz de transmitir ni expresar su existencia entonces, ahora ni nunca, la voz de su esposo, su esposo envuelto en una entidad llamada señor Sweet. Estoy muriéndome, se dijo a sí misma, pero en silencio; me muero cuando estoy contigo, le dijo el señor Sweet a la señora Sweet, me muero y por eso te odio, porque me muero y no puedo ser yo mismo, mi yo verdadero, me muero y tú te morirás cuando yo diga esto, pero me muero, me muero, me muero. Oh, ya veo, dijo la señora Sweet en voz alta, pero ni siquiera ella misma se oyó, ¡y todo lo que veía, entonces y ahora, estaba en silencio!

Pero entonces vio al joven Heracles sentado en un sofá del cuarto de los niños, viendo a Michael Jordan y Scottie Pippen y Dennis Rodman derrotar a Karl Malone y a John Stockton, y Michael Jordan, que entonces tenía un fuerte resfriado y cada vez que anotaba una canasta casi se caía al suelo pero su amigo y compañero de equipo Scottie Pippen siempre estaba a su lado para sujetarlo, y el joven Heracles, que adoraba a Michael Jordan, sentía un profundo desprecio por sus contrincantes y decía que eran unos lisiados, y la señora Sweet no paraba de hacer calceta mientras escuchaba a su hijo gritar y dar alaridos y gemir y lamentarse de pensar que el equipo de su adorado Michael Jordan pudiera perder, pero entonces ganaron y el joven Heracles le dijo a su madre: Oye, mamá, ya sé que vas a decir que esto es lo mismo que

Homero, que es lo mismo que la *Ilíada*, y que está Agamenón y que está Aquiles para arreglarlo todo, admítelo, mamá, vas a decir que es lo mismo que Homero con esa vocecilla tuya como si hablaras por la radio, porque sabes hablar como la gente que habla por la radio, tu voz es formal pero solo eres mi madre y eres tan ridícula que no sé qué voy a hacer contigo, eres muy bochornosa; y la señora Sweet siguió haciendo calceta, pues justo entonces estaba haciendo toda la orquesta que interpretaría la suite de nocturnos del señor Sweet, pero para gran sorpresa suya, cuando terminó esa tarea vio que a todos los intérpretes les faltaba uno de los brazos que necesitaban para tocar su instrumento. Qué inevitable es la serie de acontecimientos que ves tras de ti al volver la cabeza desde la serie de acontecimientos que tienes ante ti, y puedes imaginar la serie de acontecimientos que están por venir, que están desplegados ante ti, es como si los vieses en un espejo retrovisor, pero al revés, como si el espejo retrovisor pudiese hacer visible lo que todavía ha de suceder, pues quizá el Tiempo, se dijo la señora Sweet mientras tejía aquellas prendas a las que les faltaba una manga, era un padre, no una madre, y la señora Sweet no tenía padre, es decir, no era una obra creada conjuntamente, la había creado una mujer muy maliciosa. Oh, mamá, oh, mamá, ¿no lo ves?, le dijo el niño a su madre, y no paraba de saltar, ni de correr de aquí para allá y pasar por encima de las huestes de huraños mirmidones, Tortugas Ninja, Power Rangers, Super Mario, Batman, diversas figuras de *La guerra de las galaxias*, varios animales de peluche, algunos de los cuales parecían domésticos, mientras que otros parecían salvajes ya extinguidos; y todos yacían ante él y también yacían todos ante él en su memoria, tan vívida, tan vívida y tan limpia, señora Jackson, que todavía habitaban en su Ahora; y el niño, el joven Heracles, estaba ahora sumido en la tristeza que le provocaba preocuparse por Ken Griffey, cuyo padre había sido una leyenda del béisbol, o eso le contó el joven Heracles a su madre, y el joven Heracles amaba al joven Griffey así que estaba implicado en su destino, que tal vez no fuese tan glorioso como el de Michael Jordan y Scottie Pippen y Dennis Rodman; pero justo entonces, cuando estaba sentado en su silla en el cuarto de los niños, su padre, el señor Sweet, le dijo: Tengo que decirte una cosa, y el señor Sweet dijo: Ya no amo a tu madre, amo a otra mujer originaria de otro lugar, otra mujer con quien voy a clases de bailes de salón y hablamos de Mozart, pues ella toca excelentemente el pianoforte y podría ser la nueva y genial gran pianista del siglo, el siglo es largo porque los siglos son largos, aunque quizá a ti, ja, ja, ja, no te parezcan tan largos como me lo han parecido a mí, pero la amo y nada puede cambiarlo y ya no amo a tu madre, verás, siempre fuimos incompatibles, pues ella descendió de un barco cuyo cargamento principal eran las bananas, y es una mujer extraña y debería vivir en la buhardilla de una casa que destroza un incendio, aunque yo no quiero que ella esté dentro cuando eso suceda, pero si estuviera dentro cuando la casa se incendiara no me sorprendería, pues ella es de esa clase de personas. Y al oír todo eso, ¡Oh, nooooo!, un largo aullido de dolor ascendió de las entrañas y salió por la oscuridad de la boca del joven Heracles, que se plegó y se desplegó una y otra vez como los pétalos de una flor cuando se abre y luego se marchita rápidamente, lo mismo hizo el joven Heracles, que solo estaba sentado en su silla del cuarto de los niños viendo por la televisión al joven jugador de béisbol Ken Griffey en proceso de convertirse o no convertirse nunca en el gran jugador de béisbol que todo el mundo del béisbol creía que sería.

Y ahora la señora Sweet se rompió por la mitad como si estuviera hecha de algo que pudiese encontrarse en la formación de Pennsylvania, pero no estaba hecha de eso, ella solo sabía que eso existía; y lloró y lloró sobre el cuerpo roto de su hijo, que ahora yacía en el sofá, el televisor estaba encendido pero la señora Sweet no pensaba en Ken Griffey, al señor Sweet nunca le había interesado el béisbol, excepto que le gustaba Willie Mays y podía decir cosas sobre Willie Mays y eso era fabuloso, ver excelencia en un libro para niños; y la señora Sweet se rompía por la mitad una y otra vez, se rompía sin cesar, nunca en muchas piezas, siempre en dos, su corazón y su cabeza, y sobre todo su corazón, y poco después el funcionamiento de su corazón empezó a fallar y tuvieron que operarla. Pero entonces, justo entonces, el señor Sweet le explicó en detalle al joven Heracles todo el desencanto que le provocaba su madre: Ronca horriblemente; huele a pasado, pues está envejeciendo y yo también, dijo el señor Sweet, pero yo les gusto a las mujeres jóvenes y a mí no me gustan las mujeres viejas, dijo el señor Sweet, y tu madre es vieja; ahora ya le gusta Wittgenstein pero no lo entiende; le gusta

La espera pero no entiende lo que lee, es muy ingenua, es muy primitiva, es muy graciosa, es maravillosa cuando intentas ser valiente, pero cuando estás con ella y te enfrentas a tus limitaciones es un desastre, es una vergüenza, no es mi tipo, somos incompatibles. Pero papá, pero papá, dijo el joven Heracles, ¿qué voy a hacer yo?, y ahora se arrugó y adoptó la forma de una hoja de papel en la que se ha escrito algo equivocado y que han tirado a la basura donde ya nunca la encontrarán, y la señora Sweet cogió a su dulce hijo y lo envolvió con una manta que había tejido y en aquella prenda no había ni un solo error y lo envolvió con ella y lo puso en la cama de abajo de su litera, una cama de madera de fresno comprada en Crate & Barrel.

En un rincón de aquella habitación en la que el joven Heracles oyó la crítica contra su sagrada madre, a la que tanto amaba, la encontraba ridícula, su obsesión por las plantas y las flores y los frutos que dan; que siempre quisiera llevar pantalones de montar de tela vaquera, el uniforme de los obreros en algún país lejano, la noche de la fiesta escolar para que todos los otros padres vieran que ella no era como los demás; que le encantara cocinar platos que tardaban muchísimo en prepararse: pato con salsa de ciruelas, aquello tardaba días en estar listo para comer; las otras madres no sabían que ella se sabía de memoria la letra de «Stan» ni que le encantaba Dr. Dre; una vez fue a China y pasó semanas allí recogiendo las semillas de plantas que podía cultivar en su jardín; y aquella vez que le dijo a un hombre que había llevado a su familia de compras a Manchester y que le quitó el sitio para aparcar antes de que ella pudiese señalizarse debidamente: ¡A lo mejor se te cae la polla!, y el hombre, a quien nadie había hablado así jamás delante de su querida familia, se enfureció, y eran tales la rabia y la vergüenza que sentía que casi se desmayó, pero enseguida se recuperó y no cedió su aparcamiento, y entró en la tienda de Ralph Lauren y el joven Heracles nunca volvió a verlo; y mamá es tan ridícula y es tan ridícula y mamá es tan ridícula, y se acordó de la vez en que ella le enseñó a prepararle un martini para que pudiera llevárselo a las cinco y media de la tarde mientras estaba en el jardín haciendo algo que no le importaba a ningún otro miembro de la familia, y hubo un día en que el señor Sweet entró en la casa y le dijo al joven Heracles: ¿Has visto a mi bella esposa?, y Heracles respondió: No, pero si buscas a mamá, está en el jardín, y mamá, que amaba el jardín como si fuese una persona o algo parecido, eso pensaba el joven Heracles, y ninguna de las otras madres era así, ninguna otra madre creía que el jardín era como una persona y que tenía necesidades individuales y que eso exigía atención y cuidados y podía enriquecer tu vida interior, eso pensaba el joven Heracles, las madres de mis amigos no son como mamá, qué vergüenza, mamá me avergüenza mucho, si no fuese mi madre habría ido a buscarme otra madre que no se pareciese en nada a ella, una madre que fuese como las otras madres, porque mamá me avergüenza mucho. Y allí mismo, fuera de la habitación en cuyo rincón estaban los huraños mirmidones y las

Tortugas Ninja y los Power Rangers y Darth Vader y Luke Skywalker, aunque nunca jamás la Princesa Leia, y Batman, aunque nunca jamás Robin, allí mismo, fuera de la habitación, estaba la cabaña del árbol que había construido Rob con la madera que el señor Sweet había encargado en la tienda de maderas Greenberg, y Rob había clavado los tablones de madera en los árboles perennes que habían plantado en el jardín de la casa de Shirley Jackson, y bajo la cabaña del árbol estaba el arenero: la cabaña del árbol solo era una plataforma alrededor de las cuales las largas ramas de los árboles perennes formaban un velo de lágrimas verdes y albergaba insectos que se alimentaban de sus secreciones, y los niños, es decir, la bella Perséfone y el joven Heracles, la odiaban, así que se quedaban abajo, donde la cabaña formaba un toldo para el arenero; en el arenero había un banco y una mesa, todo de una sola pieza, como los que se veían en las algunas playas públicas y algunas reservas naturales para uso de los transeúntes, pues a veces los niños jugaban a ser esas personas, los transeúntes de una playa o una reserva natural, dado que ellos vivían en la montaña, pues el señor y la señora Sweet jamás en todos sus años de casados, jamás en todos sus años de padres de dos hijos sanos habían practicado esa tradición familiar, esa actividad transformadora y celebrada llamada vacaciones en familia, pues al señor Sweet le daban miedo los espacios de todo tipo, ya fuesen abiertos o cerrados. Y en aquel arenero había un tractor John Deere en miniatura que no tenía ninguna utilidad, solo servía para que el joven Heracles, sentado en su asiento, creyera que era un agricultor que recogía una cosecha imaginaria de ningún tipo concreto en un campo imaginario, o que preparaba el campo imaginario para cuando llegara la temporada de siembra imaginaria y, en general, que era un hombre imaginario al mando de una máquina poderosa y, en general, imaginar que era una persona extraña para sus padres, el señor y la señora Sweet, pues ellos habían comprado aquella máquina agrícola de juguete y también habían comprado una retroexcavadora de juguete hecha de plástico y los cubos en miniatura y las palas en miniatura y las horcas en miniatura y las carretillas, todo de juguete, todo inútil, todo sin relación alguna con las personas reales y verdaderas en las que ellos querían que se convirtieran la bella Perséfone y el joven Heracles.

Oh, ahora, punto del derecho y punto del revés, diez puntos en una dirección y veinte puntos en la dirección opuesta, soltar unos cuantos ahora, recoger unos cuantos después y formar un dibujo que entonces tendrá la forma de una prenda para llevar puesta, o una colcha para una cama: pues ¿qué hace ahora? ¿Se ha aficionado a la calceta? Al menos no sale cara: la jardinería es cara; la terraza y el muro costaron cuarenta mil dólares; una réplica de una casita en Yaddo no habría costado tanto y el pobre señor Sweet habría estado a gusto en una casita así, pues componía sus composiciones en una habitación de encima del garaje y desde allí oía girar el tambor de la lavadora y luego el fuerte zumbido de la secadora, y los portazos, no por enfado sino por negligencia, y los gritos de dolor o de placer de los niños, y a aquella zorra cantando: «Qué fue de nuestro amor», y ella debería tener prohibido pronunciar esa palabra, *amor*, pues no sabe qué significa, no sabe nada de ese dulce secreto, de esa preciosa sensación, de ese momento en que tu corazón conoce al corazón que complementa su verdadero yo, esa colisión de sentimientos entre tú y otra persona que emanan de lo más hondo de ti, de lo más profundo de tu corazón, tu estómago, tus tripas, tus entrañas, solo entre tú y ese otro, tan inesperado, tan poderoso que hace que explote la caldera de la casa en la que he estado viviendo con una zorra ignorante, y entonces el amor consuela con nocturnos para pianos tocados a cuatro manos, festivales y también clases de bailes de salón. Y todos esos pensamientos salían a raudales del señor Sweet sin que su esposa lo supiera, pues ella permanecía en aquella ignorancia, aquel espacio invisible a simple vista, e intentaba comprender cómo había llegado a ser quien era, deshaciendo varias partes de la prenda que había sido su vida: el dobladillo de esa prenda se había soltado, arrastraba por el suelo y se había ensuciado y de vez en cuando la hacía tropezar y se caía y se rasguñaba las rodillas y le salía un cardenal en la frente y también en los codos; tengo que arreglar el dobladillo, pensaba la pobre señora Sweet, tengo que reforzar el dobladillo, pues los codos y las rodillas y la frente solo eran las partes visibles, todas las partes de su ser que la prenda deshecha le lastimaba no se veían, ni siquiera ella las veía, solo las notaba a veces cuando la sal de sus lágrimas se secaba en sus someras arrugas.

Oh, mamá, oh, mamá: la señora Sweet oía esas palabras, aunque para la persona que las emitía no eran palabras, eran la vida misma, y esa persona era la bella Perséfone y esa persona era el joven Heracles, y en aquellas palabras, oh, mamá, oh, mamá, ella se veía y se imaginaba a sí misma como su madre y su protectora y su guía en un mundo cuya circunferencia se conocía: los niños llamaban a su madre, pero a la señora Sweet le gustaba vivir en su prenda: el velo de su pasado, de su infancia, de su vida anterior a eso, la vida enterrada con todas las personas de las que ella descendía y ascendía; su vida justo entonces, justo ahora, tan dulce para ella, cada momento de su existencia cotidiana tan lleno de satisfacción: sus dos hijos, a los que había que despertar por la mañana temprano para vestirlos con la ropa que les había calentado en la secadora, pues sus hijos odiaban ponerse la ropa fría, y a los que había que dar gofres para desayunar, la masa preparada la noche anterior y metida en la nevera, y encima de los gofres ella vertía jarabe de arce que le había comprado a un hombre que vivía en una granja de la carretera de Shaftsbury, un pueblo que estaba al oeste del lago Paran, y antes de verterlo sobre los gofres lo calentaba en el microondas; encendía el fuego en la chimenea y se sentaban delante, con una pantalla entre el fuego y ellos para proteger a los niños de las brasas que pudiesen saltar; los metía en el coche, un coche gris de una marca o de otra, no demasiado caro, un coche fabricado en otro país, no en ese, los llevaba a la parada de autobús donde ellos subían al autocar escolar amarillo, confiándoselos a un conductor de autobús que podía estar de mal humor o no, todo dependía del comportamiento de los otros niños que hubiesen subido en las numerosas paradas anteriores. Y después de ver desaparecer el autocar escolar por Monument Avenue y dejar atrás la iglesia en cuyo cementerio estaban enterrados Robert Lee Frost y algunos de sus hijos, entonces se subía en su coche y volvía despacio por donde había llegado: pasaba por delante de la casa de los Gatlin, torcía por Silk Road, pasaba por el puente cubierto de Silk Road, continuaba hasta Matteson Road, torcía por Harlan y entonces llegaba a su casa, la casa en la que antaño viviera Shirley Jackson. Ahora, dentro, era como si los niños, sus propios hijos, no existieran, solo existía ella de niña, y ahora entraba en el templo, el centro sagrado de su vida: Veamos, Ahora y Entonces, y así una y otra vez, esas visitaciones, un viaje sagrado a su pasado, vueltas y vueltas alrededor de la habitación en la que se sentaba y analizaba su vida como había sido, como era y como sería, pues todo era lo mismo, todo igual que había sido siempre y todo igual como sería siempre:

«Ser abandonada es la peor humillación, la única humillación verdadera, y por eso la muerte es tan imperdonable, pues la vida te ha abandonado y te has quedado completamente sola, separada de todo, así que ni siquiera eres nada, todo lo que antes dominabas, aquella persona, aquella cosa o aquel suceso, lo pierdes al morir, y no hay funeral, ni réquiem, ni monumento erigido en tu memoria que suprima el hecho de que al morir ya no tienes capacidad de actuar, ya no estás en el Entonces ni en el Ahora, ya no eres nada y solo existes según la voluntad de los otros y solo existes si ellos desean que tú existas, pues tu existencia podría resultarles útil, y entonces, si no les resulta útil, te abandonan otra vez, te sustituyen por otra cosa, y eso volvería a ser Ahora, pues el Ahora es continuo y no cesa nunca, el Ahora es implacable, inmune a todo lo conocido e incluso a lo desconocido, inmune a todo lo que se puede asir y sujetar firmemente, a todo lo que se puede asir y sujetar firmemente, y ser abandonada es la verdadera naturaleza de la humillación y sentirse humillada es la muerte y estar muerto es ser humillada, pues entonces no puedes saber siquiera tu situación ni compadecerte de ti misma. Ahora, Ahora, Ahora, que representa el hecho mismo de vivir, que representa la vida misma, te vence y aniquila, eres basura, algo que el viento arrastra por una calle vacía, sin rumbo, sin rumbo, Ahora, Ahora, y otra vez Ahora: pues ese instante que está lleno de todo lo que constituye tu verdadera vida pero que nunca llega a estar a tu alcance, que primero parece estar solo un metro más allá pero que siempre está lejos de tu alcance, y el esfuerzo te cansa pero lo ves casi a tu alcance e intentas atraparlo otra vez pero sigue estando lejos de tu alcance, siempre está fuera de tu alcance, y lo intentas una y otra vez pero los momentos se amontonan unos sobre otros y siempre están fuera de tu alcance, y la muerte misma es un momento que nunca está fuera de tu alcance pero la muerte misma te impide hacer el esfuerzo de intentar alcanzarla»; eso se decía y se dijo la señora Sweet, al entrar en su casa, donde ahora ya no estaban sus hijos, ahora del fuego ante el que habían desayunado solo quedaban las brasas, ahora la atraía hacia su habitación, la habitación infernal en la que ella daba vida a todo lo que la había formado, aquella habitación contigua a la cocina que contenía el escritorio que le había hecho Donald, y tejió una prenda para ella.

Oh, mamá, oh, mamá, se lamentaba el joven Heracles, que entonces estaba destrozado, tumbado en el sofá donde antes de los sucesos que lo habían llevado a decir oh, mamá, oh, mamá había estado viendo baloncesto, tenis, golf. Oh, mamá, oh, mamá, se lamentaba, y se desplomó como si realmente hubiera fracasado en todos sus trabajos, en todas las tareas que se le habían asignado, una tras otra: el león de Nemea, la hidra de Lerna, la cierva de Cerinea, el jabalí de Erimanto, los establos de Augías, las aves de Estínfalo, el toro de Creta, las yeguas de Diomedes, el cinturón de Hipólita, el ganado de Gerión, las manzanas de las Hespérides, raptar a Cerbero, cuando es bien sabido que cada vez que se cuentan esas historias él triunfa, pero no así ahora, y su madre lloraba y lloraba al verlo tan destrozado, derrumbado como un montón de escombros, un trozo de papel esperando a que una ligera brisa lo lance hacia su destino; y sus lágrimas, las de él y las de su madre, se mantenían separadas, pues a ella la hacía llorar la sensación de fracaso, había fracasado al no poder ocultar a su hijo la crueldad cometida por un padre débil y celoso, le había dado un padre que no sabía nada, que no sabía cómo amar a un hijo, cómo cuidar a un hijo y mantenerlo sano, mantenerlo completo, entero e intacto, con todas las costuras prietas, impermeables, todo ello para hacerle sentir lo inevitable de su transformación en un hombre entero, para verlo convertirse en un padre de padres, bondadoso y amable, lleno de amor y generosidad, y no en un tirano, un traidor, malvado en cuerpo y alma; pero ella no había encontrado para su joven Heracles a ningún padre capaz de amarlo tanto que habría preferido desaparecer y haber sido borrado de la conciencia humana, un padre que habría preferido estar muerto que hacer que él se derrumbara en el sofá cuando estaba viendo el partido de fútbol americano del domingo por la tarde por la televisión. Oh, mamá, oh, mamá, y se plegó como si fuera un cruasán, le encantaban los cruasanes y la señora Sweet se los hacía, a pesar de que en el supermercado podías comprar congelados los de la marca Sara Lee, y también les hacía a los niños bizcocho, usando la receta de *The Art of Fine Baking,* de Paula Peck, a pesar de que en el supermercado había bizcochos justo al lado de los cruasanes de la misma marca, Sara Lee. Y él se plegó y lo mismo hizo su madre, la querida señora Sweet, pues era querida cuando amaba a sus hijos, aunque a veces se equivocara, o fuese irrelevante, o incompetente, y no soportaba verlos sufrir, y fue todo eso lo que la llevó a crear la habitación contigua a la cocina en la que entraba y exhumaba su pasado, lo que antes era su Ahora y naturalmente se había convertido en su Entonces, el Entonces de frases como Entonces yo era, Entonces yo hice, Entonces devine, y mientras se plegaba y se hacía un ovillo y se volvía una montañita de dolor y pena junto al joven Heracles, que entonces estaba plegado en forma de un ingrediente más de su desayuno y a los representantes de su imaginación dentro y fuera de la habitación, y por entonces su madre ya había fallecido y ella se alegraba de que una persona que había sido tan decisiva para su propia existencia ya no viviera, de que una persona que habría podido regocijarse y se habría regocijado de aquel importante momento de desamparo de la señora Sweet ya no viviera, de que estuviera muerta, y la muerte no tiene Entonces ni Ahora.

Y el señor Sweet dijo: Amo a tu madre, amaba a tu madre, siempre amaré a tu madre, la quiero muchísimo, es mi querida señora Sweet, pero es detestable, ¿has oído cómo les habla a los camareros?, qué grosera es, yo nunca te diría esto porque no podría, de verdad, en nuestra casa celebrábamos la Navidad y la Pascua y nunca éramos desagradables con el servicio y tu madre podría haber sido una de esas personas que nos servían, pero ella, tu madre, era muy interesante, cuando la conocí, le interesaba la disposición de los astros en el firmamento y le compré un telescopio para su cumpleaños y le encantaban los insectos, especialmente las mariposas, y le regalé una red para cazarlas porque sabía que Nabokov las cazaba con un cazamariposas y ella no sabía quién era Nabokov y fue un placer cómo disfrutaba ella con todo lo que le enseñaba, ella recompensaba mis esfuerzos, pero entonces se convirtió en un monstruo y un día me fijé en que era grosera con los camareros y yo habría podido ser grosero con los camareros pero sabía que eso no estaba bien; pero un día ella fue a Alldays & Onions a comprar unas alcaparras especiales y vio a la camarera hablando amablemente con un hombre, un hombre feo, y la camarera le dijo al hombre feo: Hola, guapo, ¿en qué puedo ayudarte?, y tu madre, cuando le llegó su turno, le dijo a la camarera: ¿Cómo puedes hablar con un hombre tan feo?, y la camarera dijo: Ese era mi marido. Y tu madre volvió conmigo y no paraba de describir prados de flores color rosa con forma de puño y fue esa imagen, la de los prados de flores color rosa como puños, lo que le hizo dirigirse a Alldays & Onions, y fue allí donde insultó a la camarera y a su marido y aquello fue la gota que colma el vaso, fue entonces cuando quise estar con otra persona que no fuese instintivamente grosera con la gente que nos servía a mí, a mi madre, a mi padre, a mi hermano y a la familia de mi hermano, y tu madre era alguien que no sabía hacer esa distinción. Ojalá midiera sus palabras, ojalá se mordiera la lengua, ojalá se muriera, simplemente. Oh, joven Heracles, oh, joven Heracles, ¿dónde estás? ¿Estás bajo el manto de mi desesperación, que es tu madre, esa mujer verdaderamente abominable, tu madre, la señora Sweet?

Oh, ahora, oh, ahora, esa era la señora Sweet narrando los sucesos que habían sido el Ahora, que siempre se convertían en el Entonces, mientras intentaba con rotundo éxito impedir que el joven Heracles se acercara y entrara por la puerta de Austen Riggs u otro centro psiquiátrico parecido, o entrando y entonces ocupando las habitaciones y los pasillos para personas que habían sido abandonadas por sus padres y sus madres y sus hermanos y sus hermanas y sus tías y sus tíos y sus primos y sus primas e irradiando al máximo hacia fuera y entonces descendiendo al máximo, y era de esa situación de lo que su madre quería salvarlo, mientras él estaba sentado en el sofá, plegado, imitando la forma de algo delicioso para desayunar, y su padre le dijo que ya no amaba a su madre, y que su madre era una persona encantadora pero que él ya no la amaba, él amaba a otra persona; y entonces el joven Heracles no tuvo más forma de entenderlo que esta: la bella Perséfone ridiculizaba la pasión por las plantas de la señora Sweet porque la señora Sweet compraba plantas en cantidades que excedían el espacio disponible en el jardín para colocarlas y la joven y bella muchacha observaba el dilema de su madre y fingía ser una compradora de plantas que las encargaba por teléfono: «Hola, ¿tienen *Madonna detroittii disgustiphilum*? Y ¿cuánto cuestan? ¿Cien por noventa y nueve centavos? ¿Puedo encargarle un millón, por favor?», y eso hacía que toda la familia, es decir, el señor y la señora Sweet, la bella Perséfone y el joven Heracles, rieran a carcajadas de los despilfarros de la señora Sweet, de la estupidez de la señora Sweet, y en cualquier caso la señora Sweet creía que proporcionarle diversión y risas a su familia no era muy distinto de proporcionarle la cena. Pero entonces se burlaron también de la cena, en concreto de la carne asada de mamá, y parecían un grupo de cómicos que se reúnen para decir cosas crueles pero ciertas unos de otros y el acto es impersonal y provechoso en diversos aspectos, pero en la mesa de la cena de los Sweet la señora Sweet veía la risa que suscitaban sus vulnerabilidades pero no se alegraba cuando se exponían cariñosamente sus defectos y sus fallos: las plantas que costaban tan poco individualmente pero que entonces se regalaban formando ramos eran caras y su familia revelaba que en realidad ella no entendía el coste de la vida cotidiana; y eso le resultaba muy abrumador a la señora Sweet, pues su historia, su mismo ser, su existencia actual estaban profundamente implicadas y habrían podido casi ilustrar el verdadero coste de la vida cotidiana, no una vida cotidiana en concreto, sino una aproximación a ella. Pero allí, en la mesa de la cena, con la bella Perséfone y el joven Heracles y también el señor Sweet, estaba el asado de mamá, como si se encontraran en un acto en el que aparecería Jonathan Winters y diría cosas graciosas y memorables y allí habría también otras personas así, pero aquella era la cena de la señora Sweet y los otros comensales eran su hija y su hijo y su esposo, y su esposo ya no la amaba, su esposo la odiaba, lo que no era inusual en la frágil estructura, compuesta de huesos y músculos y sangre y un alma también, que llamamos esposo, ni era inusual en la frágil estructura, compuesta de una mujer, un hombre, dos hijos o más, que llamamos Vida Familiar.

Oh, Ahora, oh, ahora, se dijo la señora Sweet, pues entonces contemplaba un abismo, pero eso era literatura; pues ahora estaba estudiando las depresiones próximas a la superficie, una depresión estructural, pero eso era geología; y en el fondo de esa metáfora o solo representación real yacía su vida, los restos de su vida, sus hechos, su sustancia, su resumen, su finalidad, el adiós por ahora y quizá hasta luego, el final en su principio, y la señora Sweet lloró, pues había amado mucho su vida; y eso la sorprendió, haber amado tanto su vida: la vida con el señor Sweet y su mal aliento al despertar por la mañana, su escasa estatura, cómo el pelo de su cabeza con forma de pera perfecta iba desapareciendo de forma calculada, como si lo estuvieran cosechado con un propósito desconocido para la imaginación humana; su difunta madre en un ataúd contemplada por todas las personas a quienes en vida había hecho sentir insignificantes y todas esas personas se alegraban mucho de haberla sobrevivido y la señora Sweet se contaba entre ellas. Y veía entonces: sus retratos, del señor y la señora Sweet, del día después de su boda, unos retratos que les había hecho Francesca, y el día que recibieron la cancelación del cheque con el que habían pagado a Francesca por los gastos de la película y otras cosas, una cantidad de catorce dólares concretamente, ese mismo día Francesca se había tirado de un edificio, y la señora Sweet se obligó a olvidar que el edificio estaba situado en la calle de la estrecha masa terrestre del sur de Manhattan; el miedo del señor Sweet al crecimiento de los árboles, con su ciclo de echar brotes y echar hojas y convertirse en lo que eran durante una temporada y entonces su crecimiento se reducía y al final llegaba a una pausa temporal, se quedaban dormidos y descansaban y entonces volvían a brotar, y a la señora Sweet ese proceso le parecía un gozo, su inevitabilidad un misterio, algo inesperado, incluso inimaginable, y entonces encargaba aún más plantas, pero el señor Sweet le decía, no una vez sino una y otra vez: Solo me gustan los árboles muertos, y ella no le había prestado atención y no había entendido que estaba diciéndole que no la amaba, que no la amaba, que no la amaba, solo pensó que a él le gustaban los árboles cuando estaban muertos, pues sucede que cuando amas a alguien le haces decir las cosas que te agradan, las cosas que te harán amarlo aún más, y no oyes lo que te está diciendo justo entonces y ahora, justo ahora y entonces; pero estaban Helen y sus cuadros nocturnos con su cuarto de luna, y una mujer sola contemplando un cielo débilmente iluminado, y luego Helen y la señora Sweet yendo a correr por la West Side Highway y corriendo y corriendo y entonces, mientras corrían, veían a hombres que mantenían relaciones sexuales entre sí y nunca entendieron cómo podían los hombres tener relaciones sexuales entre sí hasta entonces, hasta entonces, y Helen exclamó: ¡Uau!, pero ella exclamaba ¡Uau! continuamente, así que la señora Sweet se dijo: ¡Entonces e incluso Ahora!, Helen hablaba así; sí, Helen era así y Helen es así ahora y también era así entonces.

Escucha lo que voy a decirte ahora, estaba diciendo ahora el señor Sweet: Te amo, pero no te amo como amo a alguien tan superior incluso a mí mismo, alguien a quien no debería estarme permitido ni siquiera hablar, pues ella es tan maravillosa y está tan lejos de cualquier mundo que yo haya conocido jamás..., y la señora Sweet oía todas esas palabras pero en realidad no alcanzaba a entenderlas y solo veía al señor Sweet como algún día estaría: cubierto de gusanitos que se deslizarían y reptarían aunque solo irían de su cabeza a los dedos de sus pies y a ningún sitio más y entonces todo su cuerpo sería de encaje, de un encaje hermoso e inútil, esperando a que lo convirtieran en algo, el corpiño de un vestido o la parte superior de unas cortinas, algo visto al pasar y al final molesto: Escucha, estaba diciendo el señor Sweet, y ahora la señora Sweet se convirtió no en piedra sino en un montón de barro, y la pena se convirtió en su segundo nombre si es que lo tenía, pero no tenía segundo nombre ni entonces ni ahora, y se hundió en su viejo paisaje, es decir, su memoria, y es decir, su madre, y aquel paisaje tenía un horizonte y ella anhelaba una y otra y otra vez ver su final, ver el horizonte y pisarlo y ver lo que ocultaba o la nada que había en él: mi madre era muy bella y yo me avergonzaba de eso, me avergonzaba enormemente de la belleza de mi madre.

«Hasta me avergonzaba del día en que había nacido, pues era el 25 de mayo, no el 24, y ese día, el 24 de mayo, se celebraba una fiesta en los jardines de la iglesia morava, se llamaba la Feria de Mayo, y las niñas, bellas niñas cuyas facciones ya entonces no causaban ninguna impresión permanente, pues eran sujetos y su ser, su mero existir, dependía de aquel acto, del 24 de mayo; y la fiesta tenía un acto principal, que era el poste de mayo y la danza alrededor del poste de aquellas niñas de belleza inestable, y era todo un honor en su momento, entonces y ahora, según el caso, y danzaban sujetando unas cintas rojas o blancas o azules atadas al poste, e iban hacia el poste y se alejaban del poste y se acercaban unas a otras y se alejaban unas de otras y trazaban un dibujo alrededor del poste de modo que el poste quedaba cubierto de cintas azules y blancas y rojas; y entonces, cuando yo no sabía que podía amar la ropa que llevaba puesta, cuando no sabía que la imagen que daba a otras personas era algo sobre lo que reflexionar, entonces, cuando mi madre tenía un amigo que era estibador y vivía en Points y mi madre y yo vivíamos en una casa de dos habitaciones de Dickenson Bay Street, las dos solas, e íbamos a visitar a su amigo el estibador, un hombre de escasa estatura y grueso y corpulento, como una figura que habría podido aparecer en un libro infantil ilustrado: un estibador, y vivía en una casa desde donde yo veía el tren lleno del producto extraído de la caña de azúcar recién cosechada que iba de la fábrica a los barcos que lo esperaban para llevarlo a Inglaterra, que estaba lejos, muy lejos del horizonte; y entonces mi madre y el estibador se adentraban en la casa, la casa donde vivía el estibador, una casa oscura, y a mí nunca me dejaban entrar; y cuando mi madre y el estibador desaparecían dentro de aquella casa y me dejaban sola, yo jugaba con mi sombra, imaginaba que mi sombra era una niña, y jugábamos juntas y nos leíamos una a otra libros que habíamos escrito, y a veces éramos dos niñas de Inglaterra, y estábamos en un jardín con flores pero solo flores y con eso bastaba, pues las flores son los muebles del jardín esté donde esté el jardín, y el jardín del estibador solo tenía una portulaca, aunque entonces me decían, y en qué modo ahora no lo sé, que era una rosa que se extendía por allí. Entonces, en el jardín del estibador, donde me dejaban sola mientras mi madre desaparecía con él en su casa que estaba tan oscura por dentro que mi madre nunca me dejaba entrar, yo bailaba alrededor de los sitios donde crecía la portulaca, o así la llamo ahora, y aquellos sitios estaban muy separados unos de otros y ver pasar el tren y ver la escuela de Points donde un día estudiaría y ver el contorno de las islas Ratas a lo lejos, mantenía mi ser, mi verdadero yo, aunque entonces no lo conocía, entero y de una sola pieza, así que cuando mi madre salía de la casa del estibador y me daba la mano y volvíamos a pie a la casa donde vivíamos, y ella llevaba un saco de azúcar de caña, ese azúcar recién granulado de la melaza, ese azúcar que usábamos los días de diario, pues los domingos usábamos azúcar blanco, pero en cualquier caso mi madre nunca me dejaba comer nada con azúcar de ningún tipo, excepto en ocasiones especiales. Pero ¿cuáles eran las ocasiones especiales?

»Oh, y era tan bella que me avergonzaba de que me viesen con ella; tenía el pelo muy largo y lo llevaba enroscado y fijado en la cabeza como si fuese una especie de tesoro y entonces descubrí que así se peinaban las mujeres de Guadalupe y Martinica, y también hablaba patois y llevaba una ropa que las otras madres no llevaban, faldas ceñidas con un corte detrás que empezaba en el dobladillo y subía hasta un tercio del largo de la falda; y los hombres la miraban y entonces se paraban y hablaban con ella y ella nunca los miraba pero entonces se paraba y hablaba con ellos y seguía andando y todo el mundo lo sabía, era mi madre y yo sabía que era mi madre y yo la amaba y todo eso: el estibador, el pelo de ella, su ropa, su olor cuando yo le lavaba la espalda en la bañera galvanizada llena de agua que mi madre había perfumado con plantas, sus labios rojos, lo cruel que era conmigo, cómo me dejaba al margen cuando surgía algo nuevo, algo que yo no sabía que pudiese existir: un día se enamoró de un hombre y tuvieron hijos, tres niños en total, pero antes de nacer el primero, yo entendí, no, no entendí, pues ni siquiera ahora entiendo qué Entonces era Ahora, ni siquiera ahora veo el entonces tan traslúcido, como si todo estuviese sucediendo en un cristal y resbalando hacia allí y, justo cuando está a punto de desaparecer por completo, el cristal se inclina hacia aquí, y vuelven a verse el Ahora y el Entonces tal como es todo justo antes de devenir otro Entonces y Ahora, otro Entonces y Ahora y verlo todo solo en un abrir y cerrar de ojos».

«Las cosas cambian —estaba diciéndole el señor Sweet a la señora Sweet—. ¡Las cosas cambian!». Pero aquella era su versión antipática, pues estaba enfurecido, su voz parecía una cuchilla de afeitar Wilkinson recién salida de la ferretería, sus brazos intentaron golpearla, pero se detuvieron poco antes de entrar en contacto con aquella masa de carne inconsolable que sollozaba de pena, y entonces desistieron de hacerlo. «Las cosas cambian, cariño, las cosas cambian». Y se le crisparon los labios y sacudió con fuerza la cabeza, danzando al son de una música que solo oía él, o eso se dijo la señora Sweet al verlo entonces, y entonces él se puso a tararear fragmentos de *La consagración de la primavera, El mar, El gato, La telaraña, La rata, El perro, La cuna*, y cuando hubo terminado le dijo a su esposa, ahora despojada de toda dignidad, la señora Sweet, que llevaba un bonito vestido marrón de la marca Lilith: Nunca te he amado, yo nunca te he amado, no porque no fueses digna de amor, aunque no lo eres, la verdad, nadie podría amarte, ni siquiera yo, que no sabía nada del amor entonces pero ahora sí y me doy cuenta de que nunca te he amado, porque eres como pasar por una alambrada de espino a oscuras, eres como una invitación a una merienda en un hormiguero, eres como, eres como, ahora mismo ya no puedo pensar cómo eres, eso le dijo el señor Sweet a la señora Sweet, y entonces, justo entonces, ella estaba tan afligida y lloraba y sus lágrimas regaban la *Primula capitata*, que había plantado bajo el enorme pino blanco, así que aquella delicada planta agradeció muchísimo sus lágrimas, pues es una planta nativa de las húmedas regiones del Himalaya. Y ella lloraba y lloraba y el señor Sweet le hablaba mientras ella se inclinaba sobre las sedientas prímulas, que también estaban marchitándose y postradas en el terreno, padeciendo las duras condiciones bajo las que las cultivaban a la fuerza, entre las raíces de un árbol de hoja perenne nativo de Canadá a pesar de que eran originarias del Himalaya; y la señora Sweet lloraba y lloraba y no paraba de llorar, pues entonces el señor Sweet le dijo: Solo lloras porque sabes que los niños y yo nunca te perdonaremos ni olvidaremos las cosas terribles que has dicho y hecho, y eso la hizo morirse a pesar de estar todavía viva, no estaba muerta, sino todavía viva, y sin embargo muerta, pues él le mostró la vida que ella había vivido, el momento en que había que acostar a la bella Perséfone al anochecer, pero la niña siempre se resistía, pues quería estar con sus padres, que hacían cosas para ella misteriosas, y retrasaba el momento en que la pondrían en su cuna, pues todavía no se le había quedado pequeña, y la tapaban con la gruesa manta de algodón y se la ajustaban con cuidado alrededor de la barbilla, pues ella tenía los brazos plegados junto al cuerpo igual que un pajarillo cocinado al horno para una deliciosa cena. La señora Sweet moría y moría y estuvo viviendo así largo rato, muriendo una y otra vez, sin descanso, en un estado de no entonces, no por llegar, no haber ya sido, solo ahora, solo morir y morir y morir, y la señora Sweet moría, moría y moría y nunca más volvió a ponerse los pantalones de montar de tela vaquera que le regaló su amiga Rebecca, que había visto que los llevaban los empleados municipales en Japón cuando había ido a visitar ese país.

Los días tienen veinticuatro horas, las semanas tienen siete días, los años tienen cincuenta y dos semanas, y así es, y la edad de la tierra se compone de más de cuatro mil millones de años, de esos años y semanas y días y horas, entonces, ahora y de nuevo entonces, encerrados a la fuerza en ella, y así era y es y será, se repitió la señora Sweet una y otra vez, como si fuese una canción transportada por el viento y que ella hubiese oído y se le hubiese pegado, una canción oída mientras paseaba a orillas del río Battenkill durante setenta y siete kilómetros, y entonces se quedó quieta, imaginando que el curso serpenteante del río terminaría cuando este desembocara en el río Hudson, a cierta distancia de aquel lugar donde las mareas surtían efecto sobre el río.

Todo lo que está por llegar cambiará la forma en que se ve el ahora; justo ahora es muy seguro, justo ahora es para siempre; lo que está por llegar formará, distorsionará e incluso borrará el justo ahora; el justo ahora será sustituido por otro justo ahora: y justo ahora es lo único que hay y lo único que hay una y otra vez y ningún reflujo en un estómago individual, una metáfora universal de la inestabilidad de toda la empresa humana tal como lo experimenta la persona que prepara el desayuno para la camada de mamíferos domesticados que tiene ante sí, y el niño y la niña con una Game Boy o un Super Mario en la mano, según el caso, no importa cómo se oiga, no importa cómo se sienta, y es una gran decepción, justo ahora, pues el ahora siempre está incompleto, o eso nos parece, y eso es una bendición, pues transforma el entonces en lo que está por venir, en todo lo que está por venir, aunque todo lo que está por venir debe contener el ahora y el anhelo inconmensurable del entonces, ese tiempo posterior a cuando la tierra era precámbrica, hádica, proterozoica, paleozoica, cámbrica, ordoviciana, silúrica, devónica, cretácica, y nosequé inferior y nosecuántos inferior y entonces también nosequé superior, y entonces cenozoica y con fallas y volcánica, ese tiempo posterior a cuando la tierra fue ella misma, ese tiempo por venir era el tiempo que había sido antes, pues más allá de los límites de la tierra estaba todo lo que la había creado, estaba todo lo que había sido y es y el futuro era el pasado y el pasado, que es entonces, siempre es entonces, podía encontrarse en la tabla periódica y la señora Sweet levantó la cabeza y vio que clavado en la puerta de la despensa había un esquema que ilustraba los principios de eso mismo, la tabla periódica: la bella Perséfone se interesaba por la química y su madre lo había comprado y puesto allí y entonces la señora Sweet miró por la ventana, a través del cristal que la separaba y la protegía de cuanto había fuera de la casa de Shirley Jackson, la casa en la que vivía con sus hijos y su esposo, y vio un paisaje muy diferente del paisaje donde ella se había formado: el paraíso de sol constante y clima agradable, un paraíso tan completo que inmediatamente se convertía en un infierno; ahora allí fuera era primavera, y en las orillas del río Paran y extendiéndose por los flancos de las cordilleras Taconic y Green Mountains crecían grandes árboles, algunos de hoja perenne, otros de hoja caduca y justo entonces con brotes.

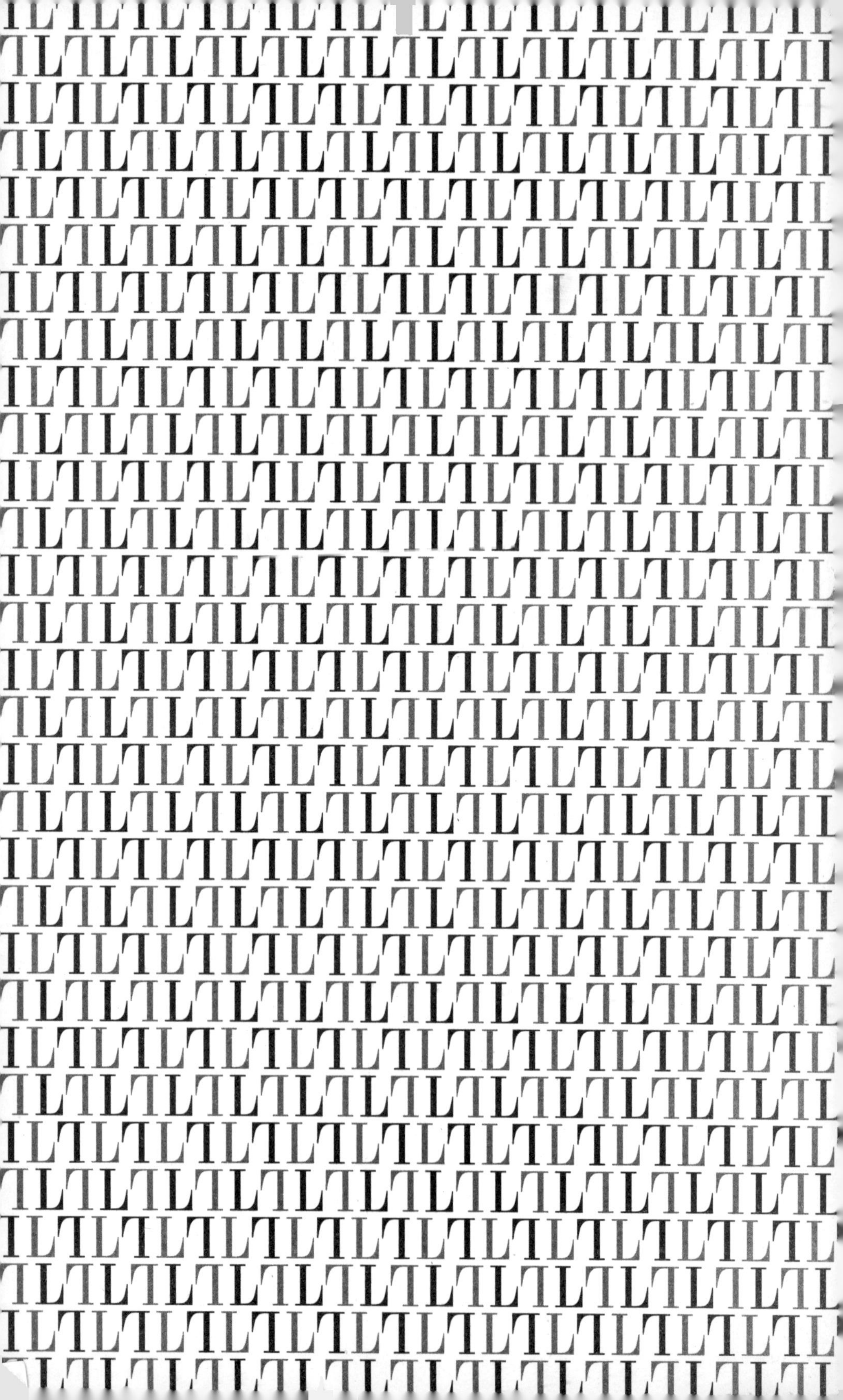